Konserviere meine Erinnerungen, Schatz

Leben als erwachsener Autist

Nick Finkler

neobooks

Impressum

Verlag: Nick Finkler
Alt-Haarener Str. 160
52080 Aachen
nick.finkler@gmx-topmail.de
Druck: epubli, ein Service der
neopubli GmbH, Berlin

Printed in Germany

Kapitel 1 - Einleitung

Blicke ich aus einem Fenster in den Sonnenaufgang, dann wird mir ganz anders. So seltsam, als stünde mir die Welt offen.
Gehe ich in der Innenstadt spazieren und sehe ein buntes Sommerkleid, dessen Saum im Wind weht, denke ich an die Siebziger und muss lächeln.
Höre ich das Lied Himbeereis zum Frühstück, sehe ich es als freundliche Aufforderung des Schicksals, mir dieses leckere Eis mit Himbeer-Panna Cotta wieder mal zu besorgen.
Wenn die Leute, die ich durchs Fenster sehe, die Passanten in der Innenstadt oder die anderen Kunden im Supermarkt lachen, streiten und plaudern, höre ich nur Worthülsen. Die mein Kopf irgendwie mit Emotionen, Assoziationen und möglichen Weiterführungen der Dialoge verbinden möchte. Was nicht immer gelingt.

So gehe ich oft durch die aktuelle Welt

Mein Tag endet so einseitig, wie er begonnen hat, und das ist wichtig. Denn einseitig heisst in meinem Fall: Strukturiert, geplant, hilfreich, aber immer auf dieselbe Weise. Zumindest versuche ich, dass es täglich dieselbe Weise bleibt.
Morgens lege ich meine Kopfhörer unter mein Kissen. Wenn ich mich abends ins Bett lege, hole ich sie wieder darunter hervor und stöpsele sie mir in die Ohren, um wie an normalerweise jedem Abend mit selbst gewählter Berieselung einzuschlafen.
Dass das gleich bleibt, ist für mich sehr wichtig. Wie so vieles.

Wenn ich heute, mit Mitte 30, auf mein bisheriges Leben zurück blicke, kommt es mir nicht mehr rätselhaft vor, wie sich alles entwickelt hat. Niemand hatte es einfach mit mir. Ich selbst am wenigsten. Ich bin Rebell, Freiheitsdenker, Multikultibefürworter, Frauenfreund, Exraucher, Exfreund, Exstudent, Fleischesser, Teilzeitvegetarier, Jobhopper und seit Sommer 2018 nun auch psychologisch diagnostizierter Autist.

Seit meiner Diagnose scheint alles noch logischer und normaler zu werden. Davor bestand mein Leben aus einem ungeordneten Haufen, aus vielen verschiedenen Fäden, die alle für sich selbst existierten, ohne einen Sinn zu ergeben. Mit dem Fundament "Hej, ich bin Autist" fügten sich viele dieser Fäden zu einem sinnvollen Netzwerk zusammen, in dem ich mich relativ ungezwungen bewegen kann. Ein neuer, nicht endender Lernprozess hat begonnen. Ich habe bereits erfahren, dass kein Autist wie der andere ist. Jeder ist einzigartig. Und doch gibt es Gemeinsamkeiten. Irgendwann, ich weiss die Quelle nicht mehr, habe ich mir folgende Beschreibung notiert und finde sie in aller Kürze recht passend:

"Autismus ist nicht trennbar von der Persönlichkeit eines autistischen Menschen. Autismus färbt jede Wahrnehmung. Autismus beeinflusst, wie jemand denkt, fühlt, versteht, reagiert und interagiert. Zu wünschen, der Autismus würde verschwinden, bedeutet, zu wünschen, die Person wäre jemand anderes."

Selbstbewusst durch Haarfarbe und Bartwuchs

Ich stütze mich bei dem, was ich aufschreiben werde, auf das, was ich bereits weiss, und vor allem auf das, was ich über mich selbst weiss. Ich bin Autist, laut Diagnose nach früherer Einstufung ein so genannter Asperger, aber das sagt sowohl alles als auch gar nichts. Man könnte googeln, aber es gibt nicht die eine, starre Definition davon, außer auf Wikipedia, aber auch diese sehr gute Webseite ist nicht allwissend. Ich kann nur berichten, wie es in mir aussieht, wie ich mein Leben empfinde und wie ich die Welt wahrnehme. Vielleicht versteht jemand dort draußen anhand meiner Berichte etwas besser, was Autismus ist, oder Angehörige finden anhand meiner Ausführungen etwas mehr Zugang zu den Autisten in ihrem Umfeld.
Ich schließe nicht aus, dass dieses Buch auch von Autisten gelesen werden könnte, aber verspreche mir vor allem für Nichtautisten, die man im Fachjargon Neurotypische nennt, einen hohen Aufklärungswert.

Zunächst vorab: Das Bild des Autisten, wie Hollywood es zeichnet, ist nur ein pauschales Abbild. Wer bei Autisten an Filme wie "Rain Man" denkt und glaubt, so wären

wir alle, der liegt falsch. Es gibt einen Spruch, den ich mir seit der Diagnose eingeprägt habe, und der trifft es wohl am besten: Wenn man einen Autisten kennt, dann kennt man wie viele Autisten? Genau. Diesen einen.
In "Rain Man" werden quasi die typischen Klischees eines Autisten in eine einzige Person projiziert. Er ist mathematisch hochbegabt, lässt sich nicht gerne anfassen, redet grundsätzlich wie ein Mensch mit geistigem Handicap, hat seine ganz bestimmten Abläufe und unumstößlichen Regeln und ist in mehreren Bereichen des Alltags betreuungsbedürftig.
Nun muss man wissen, dass längst nicht jeder Autist ein Genie in Mathe ist. Ich ebenfalls nicht. Auch gibt es solche, die mit Berührungen zurecht kommen oder diese sogar intensiver benötigen als andere. Manche können sich klar und deutlich artikulieren, können Smalltalk praktizieren oder Reden vor Publikum halten. Und einige bestreiten ihren Lebensunterhalt völlig alleine.

Bewerbung, toller Job, raus gemobbt

Die ASS, die Autismus-Spektrum-Störung, ist zum jetzigen Zeitpunkt (2019) der aktuelle Stand der Erforschung. Es gab vorher diverse Einstufungen wie meinen Asperger, der auch gerne als milde Form von Autismus bezeichnet wird, aber da die Grenzen der einzelnen Diagnosen des Öfteren fließend ineinander laufen, ist die ASS eine modernere Methode, die Wesensart Autismus zu umfassen.

Ich spreche bewusst von einer Wesensart, denn anders, als landläufige Meinungen es uns vorgaukeln, ist Autismus weder eine Erkrankung noch eine Behinderung, zumindest nach meinem persönlichen jetzigen Kenntnisstand. Das ist noch nicht in alle Köpfe vorgedrungen, aber es entwickelt sich. Viele benutzen auch jetzt noch die bisher gültigen Einstufungen wie frühkindlicher Autismus, atypischer Autismus oder Asperger-Syndrom, aber grundsätzlich beginnt man zu erkennen, dass die Stufen teilweise zu uneindeutig zu erkennen sind, weshalb die Klassifizierung als ASS mehr an Gewicht gewinnt.

Homosexualität wurde auch lange Zeit als Fehlentwicklung betrachtet, bis modernere Denkweisen hervor brachten, dass es eine ebensolche natürliche sexuelle Neigung ist wie die Heterosexualität. Dass Männer Männer lieben und Frauen Frauen, muss nicht geheilt werden, es muss anerkannt und toleriert, akzeptiert und verstanden werden. Mit Wesensarten bzw. Entwicklungsstörungen wie Autismus verhält es sich genau so. Wir müssen uns nicht in alten Denkmustern einschließen lassen, bloß weil diese einfacher zu denken sind. Die Welt entwickelt sich weiter, Wissenschaft und Forschung entdecken mehr, die Aufklärung sorgt für erweitertes Wissen. Ein Autist muss kein unnahbares Wesen bleiben, das angeblich der Heilung bedarf (im Übrigen kann Autismus nicht geheilt werden, da es eben - auch nach der Auffassung vieler Fachleute - keine Erkrankung ist). Wir müssen nur verstanden und akzeptiert werden.

Das IT-Unternehmen Auticon, das ausschließlich Autisten als IT-Consultants beschäftigt, formuliert es, wie ich finde, sehr schön:

"Autismus ist kein Systemfehler, sondern ein anderes Betriebssystem."

Ich liebe Winter sogar dann

Es wird viele überraschen, die dieses Buch lesen, aber tatsächlich bin ich verlobt. Als Autist, noch dazu mit meinen individuellen Eigenarten und Bedürfnissen, ist es mir dennoch möglich, soziale Interaktionen zu unternehmen. Ich nehme alles intensiver wahr, mit allen Sinnen. Berührungen sind für mich ein Muss. Das ist gut und erfreulich für meine Partnerin, teilweise aber auch anstrengend, wie so vieles an mir anstrengend sein kann. Geht man nach der Einstufung Asperger, die auf mich zutreffen würde, dann ist dieser Mix aus Komplikationen und "normalem" Leben nicht ungewöhnlich, da ein Asperger sich in manchen Dingen signifikant von anderen Autismusformen unterscheiden kann. Aber wie bereits erwähnt, gibt es eben nicht DEN Menschen, DEN Autisten oder DEN Asperger, sondern die Grenzen sind fließend und so neblig, dass die allgemeine Klassifizierung ASS deutlich besser passt.

Bevor ich aber zu meinem jetzigen Alltag und meinen ersten Schritten als diagnostizierter Autist komme, gehe ich auf Fragen ein, die manchem Leser durch den Kopf gehen dürften: Wie haben denn die Eltern des Autors auf die Diagnose reagiert? Haben sie gesagt, dass sie es immer gewusst haben? Oder waren sie etwa geschockt?

Nun, um ehrlich zu sein, sie wissen nichts davon. Sie erfahren es frühestens mit der Lektüre dieses Buches. Denn für mein Verständnis habe ich keine Eltern. Ich habe einen Erzeuger und eine Erzeugerin. Aber den Begriff Eltern kann ich leider nicht im wahrheitsgemäßen Kontext nutzen.
Aufgezogen hat mich nur sie, und auch wenn ich anhand meiner Diagnose glauben will, dass es für sie nicht immer einfach mit mir war, so war ihr Umgang mit mir alles andere als kindgerecht oder pädagogisch zu bezeichnen.

Sie hat gerne Puzzles zusammengesetzt. Das ist eines der harmloseren Details im Leben mit meiner Erzeugerin, an das ich mich wertfrei erinnere.

Ich nenne sie meine Erzeugerin, weil nach meinen faktischen Weltvorstellungen nur Frauen die Bezeichnung Mutter verdient haben, die sich ausreichend und angemessen um ihr Kind kümmern, sogar dann, wenn sie es nicht selbst zur Welt gebracht haben. (Oder, wenn sie merken, dass sie sich nicht angemessen kümmern können, sollten sie es lieber zur Adoption frei geben.) Gemessen an dem, was mich das Leben gelehrt hat, hat meine Erzeugerin das definitiv nicht ansatzweise geschafft. Darum bin ich zwar begrifflich nicht ohne Mutter aufgewachsen, aber als Erwachsener muss ich reflektieren und sagen, dass die Momente, in denen sie so etwas wie meine Mutter war, nicht ausreichen, um ihr diesen Namen in vollem Umfang zu gewähren. Als meine Mutter bezeichne ich sie nur im Small Talk, meist mit unbekannten Menschen, und auch nur dann, wenn ich gerade ein sozusagen vereinfachtes Gespräch führen möchte. Wie Sie noch erfahren werden, gibt es mit mir kein einfaches Gespräch.

Ich bin davon überzeugt, dass sie sich ehrlich bemüht hat. Ihre Motivation mag nicht konform mit meinen heutigen Weltvorstellungen sein, aber sie hat auf ihre Weise versucht, mir eine Mutter zu sein. Nur, dass sie es nie geschafft hat. Das lag rückblickend betrachtet nicht allein an ihr, denn ein autistisches Kind zu haben, ohne zu wissen, dass es autistisch ist, ist unglaublich anstrengend. In meinem Diagnosegespräch wurde festgestellt, dass man zwar nicht sicher sagen kann, ob ich frühkindlichen Autismus hatte, aber dass die Vermutung sehr nahe läge, basierend darauf, mit welchen auffälligen Problemen ich bereits als Kind zu kämpfen hatte.

Wie lässt sich Autismus überhaupt diagnostizieren? Zu oft wurde und wird bei einem auffälligen Kind die Diagnose ADHS gestellt, also Aufmerksamkeits-Defizit-Syndrom mit Hyperaktivität. Diese Kinder erhalten dann jedoch eine völlig andere Behandlung, die ihrem Wesen als Autist möglicherweise widerspricht und alles nur schlimmer machen könnte. Das liegt unter anderem auch daran, dass sich diverse Symptome von ADHS oder auch ADS mit denen einer ASS vergleichen lassen. Aber es gibt heutzutage ein paar Möglichkeiten, Autismus feststellen zu lassen.

Sonnenschein und Musik und überhaupt

Diese Möglichkeiten ergeben sich danach, aus welchem Grund man sich eine Diagnose wünscht.

Benötigt man finanzielle Unterstützung, fachliche Betreuung oder hat generell extreme Probleme damit, alltägliche und berufliche Situationen selbstständig zu meistern, dann wird eine ärztliche Diagnose empfohlen, die schriftlich festgehalten und bei diversen Behörden und sogar Arbeitgebern vorgelegt werden kann, um Hilfe und eventuelle Leistungen zu erhalten.

Ist man aber in der Lage, grundsätzliche Aufgaben im Alltags-, Haushalts- und Berufsleben alleine zu bewältigen, und man möchte einfach nur Gewissheit haben, für sich und für Angehörige, um anhand der gängigen Methoden einfacher leben zu können und mehr Verständnis für das eigene Handeln aufzubauen, dann kann es ausreichen, ein Gespräch mit einem auf Autismus spezialisierten Therapeuten und/oder Psychologen zu führen. In diesem Gespräch werden dann Fragen über die eigene Vergangenheit näher erörtert, über das Alltagsleben und wie man es empfindet, über die Wahrnehmung des Umfeldes und welche Probleme man mit sich und dem Rest der Welt hat. Entweder ergibt sich durch das Gespräch, dass man keinen Autismus hat, sondern wird zu einem anderen Fachmann geschickt, oder man kommt zu dem Schluss, dass es sich halbwegs oder sogar relativ eindeutig um Autismus handelt, und erhält dann erste Tipps für das weitere Umgehen mit der Diagnose.

Was ist mein aktueller Stand? Ich befinde mich nicht in Therapie. Damit ich diese Leistung erhalte, wäre die ärztliche Diagnose nötig und nicht nur, wie bei mir, die psychologische. Stattdessen leben meine Verlobte und ich unser Leben weitestgehend selbstständig, was mal besser und mal schlechter klappt. Ich fühle mich wohl in der Routine. Jede Abweichung innerhalb meiner Routine oder meiner Pläne kann mich schwer beeinflussen. Änderungen in letzter Sekunde können für mich manchmal die härteste Herausforderung sein.
Sollten Sie das Bild erhalten haben, dass die Diagnose unser Leben sehr erleichtert hat, dann irren Sie sich. Insgesamt und in Einzelfällen auf jeden Fall, wenn man die nackten Fakten betrachtet. Aber in einer Einzelsituation

ist es manchmal umso schwerer, solange sie besteht, da zwar ich für meinen Teil mehr von mir zu verstehen beginne, aber das trotzdem nur selten an meine Partnerin so weiterleiten kann, dass es für sie ebenso verständlich ist wie für mich. Man könnte also beinahe sagen, mein Wesen entgleitet ihr immer ein Stück mehr. Aber gleichzeitig stimmt das nicht, da sie sich mit der Zeit auch immer mal etwas mehr an einen Teil von meinem Wesen gewöhnt. Nie so ganz, aber eben doch so, dass es zur Gesamtharmonie etwas beiträgt. Für die einzelne Situation trübt es den Frieden zwischen uns, wenn es zum Beispiel zum Streit kommt. Einzeln und für sich bewertet gibt es noch oft Streit. Aber wenn man unsere Allgemeinstimmung vorher kannte und sie jetzt beobachtet, kann man eine deutliche Verbesserung feststellen. Unsere Liebe hat sich verbessert, unser Umgang miteinander, unsere Streitkultur. Insofern hat sich auch die Lebensqualität verbessert, alles dank dieser einen Diagnose.

Einfach mal wandern ohne Ziel

Licht, Lachen und lauter Liebe

Süße Abiturzeit

Da es sich eben um keine Erkrankung im klassischen Sinne handelt, kann bei einem Autisten, der z.B. kein offensichtlicher "Rain Man" ist, auch keine 100% eindeutige Diagnose gestellt werden. Das ist aber weitläufig anerkannt und legitim. Während manche Ärzte sich genügend auf dem Gebiet auskennen und die Diagnose Autismus klar stellen können, gibt es auch solche Ärzte, die die eigentliche Diagnose verpassen und eine falsche Richtung einschlagen, womit sie das künftige Leben ihres Patienten fatal beeinflussen. Eine ärztliche Diagnose kann also negativ prägender sein, wenn man tatsächlich Autist ist und entsprechende Handlungen nötig wären, aber aufgrund einer falschen Diagnose andere Handlungen plant, die möglicherweise kontraproduktiv für den eigenen Autismus sind.
In meinem Fall kam nach drei Stunden psychologischem Gespräch die erlösende Aussage, mein Autismus sei relativ eindeutig. Relativ im Sinne: In Relation zu den Auffälligkeiten und wie diese miteinander im selben Menschen existieren und sich auf mich und mein Umfeld auswirken. Oder kurz gesagt: Ich bin Autist.

Meine Verlobte und ich hatten beschlossen, gemeinsam zu dem Gesprächstermin zu gehen, denn aufgrund ihrer Vorbildung hatte sie ein gewisses psychologisches Auge für meine Auffälligkeiten. Die Spekulation, ich könnte zumindest autistische Züge haben (manche Experten leugnen, dass diese überhaupt bei irgendwem klar nachweisbar sind), war immer mal wieder angesprochen worden, doch irgendwann wagten wir den Schritt.
Ich hatte im Gespräch viel zu erzählen, aber auch meine Liebste konnte aus ihren Erfahrungen mit mir berichten. Manche Schilderungen, die ich über meine Vergangenheit zu erzählen hatte, durchlebte ich so intensiv, dass ich einen kurzzeitigen Heulkrampf erlitt. Ich weinte, aber es tat gut.

Nach drei ewigen Stunden, in denen wir uns viele Notizen gemacht hatten, um erstes Rüstzeug im Umgang mit meinem Autismus zur Verfügung zu haben, stellte meine Verlobte dann die eine Frage: "Kann man jetzt also sagen, dass es Autismus ist?" Und die Antwort "Es ist relativ eindeutig, ja." sowie einige Tipps und Ratschläge öffneten mir und damit uns ungeahnte Türen zu meinem

Selbst. Wir wissen seitdem, womit wir es zu tun haben, was das Verständnis grundsätzlich einfacher macht, aber die Probleme haben nicht schlagartig aufgehört. Das werden sie nie. Es wird mit der Zeit nur einfacher werden, routinierter. Privat, im Familien- und Beziehungsleben, aber auch im Schul- und später im Arbeitsalltag gab es wiederholt Probleme, die auf den Autismus zurück zu führen sind, aber nichts davon war bisher so gravierend, dass eine ärztliche Diagnose von Nöten gewesen wäre.

Um weiteren Problemen im Alltag möglicherweise vorbeugen zu können, wurde mir mittlerweile empfohlen, eine ärztliche Diagnose folgen zu lassen, mit der ich weitere Angebote für Autisten in Anspruch nehmen könnte. Tatsächlich zögere ich aber noch mit der Umsetzung, nicht nur, weil die Fahrt zu dem betreffenden Arzt Geld kosten wird, sondern auch, weil die Fahrt sich als nutzlos erweisen könnte, falls der Arzt die richtige Diagnose nicht stellen sollte. Denn es gibt wie gesagt Ärzte, die trotz offensichtlicher Merkmale eine falsche Diagnose stellen, weil sie nicht über genügend Erfahrung auf dem Gebiet verfügen. Bei Erscheinen dieses Buches werde ich noch keine Entscheidung getroffen haben, aber es eilt auch nicht, denn ich bin nicht sterbenskrank.

Auf die Frage "Ist Autismus heilbar?" gibt es zum jetzigen Zeitpunkt, wenn dieses Buch erscheint, noch keine eindeutige Antwort. Zwar haben sich diverse Leute daran versucht, eine mögliche Heilung zu finden, und man findet bestimmt auch Fachliteratur zum Thema, aber es stellt sich ohnehin die Frage, wie etwas geheilt werden soll, das nicht einstimmig als Krankheit klassifiziert werden konnte.
Es darf zur Zeit angenommen werden, dass Autismus in etwa so wahrscheinlich heilbar ist wie Homosexualität, nämlich überhaupt nicht, und dass die Allgemeinheit sich schlicht und ergreifend damit zurecht finden muss. Zumindest, und das ist ein höchst ermutigender Gedanke, nimmt Autismus keinen tödlichen Verlauf, weshalb es mit einem Heilmittel auch ganz sicher nicht dringend ist.

Sie werden bei der Lektüre dieses Buches auf manche Wiederholung stoßen. Mündlich bin ich darin noch schlimmer als schriftlich. Doch auch das ist Teil meines

Wesens.

Über das Wesen zu sprechen, ist unvermeidbar, denn Autismus ist wie bereits erwähnt nach aktuellen Erkenntnissen weder eine Behinderung noch eine Erkrankung, sondern eine Wesens- bzw. Entwicklungsstörung. Es gilt als typisch, dass wir sowohl mit sozialer Kommunikation als auch mit sozialer Interaktion erhebliche Schwierigkeiten haben, und so ist das auch für mich. Das bedeutet in meinem Fall, dass ich zwar Unterhaltungen führen kann und zum Beispiel auch auf einem Festival tanzen kann, aber mir in jeder denkbaren Situation nicht sicher sein kann, was mein Gegenüber gerade empfindet. Ich bin fast blind für Mimik und Gestik und fast taub für verschiedene Nuancen im Tonfall. Ich kann all das nur erraten und mir allenfalls über bisherige Erfahrungen herleiten. Mein Alltag ist regelmäßig voll von Missverständnissen.

Dark Wave und Electro

Im Handel finden Sie zahlreiche Bücher zum Thema Autismus, häufig über autistische Kinder. Man könnte fast den Eindruck gewinnen, autistische Kinder sterben, ehe sie erwachsen werden können. Aber in Wahrheit finden sich einfach deutlich mehr Bücher über das Schicksal der Kinder. Dennoch nutze ich die Gelegenheit, um es hier und jetzt ganz unmissverständlich zu sagen: Autistische Kinder sind nicht automatisch mit der Volljährigkeit befreit, sondern viele tragen den Autismus ins Erwachsenenalter weiter, und so gibt es unwahrscheinlich viele Erwachsene, die entweder diagnostiziert oder auch nicht diagnostiziert ihren Alltag leben und erleben und sich irgendwie durch ihr ganz spezielles Leben kämpfen.

Wenn Sie selbst Angehöriger eines Autisten sind, werden Sie nicht das eine Buch finden, das Ihnen sämtliche Antworten auf Ihre Fragen gibt. Weil jeder Autist anders ist, bleibt Ihnen wohl kaum etwas anderes übrig, als sich in das Thema einzulesen und von verschiedenen Fällen die Eigenheiten auszusuchen, die in Ihrer Situation ähnlich vorkommen und entsprechend damit umzugehen lernen. Vielleicht gibt es in Ihrem Ort eine Selbsthilfegruppe für

Angehörige oder ein Autismus-Therapie-Zentrum. Erkundigen Sie sich danach und unterhalten Sie sich mit anderen Angehörigen, ggf. gibt es online ein entsprechendes Forum. Was auch immer Sie machen, man wird mit dem Thema nicht halb so alleine gelassen, wie es manchmal den Eindruck macht.

In diesem Buch werde ich die Eingrenzungen "viele Autisten", "manche Autisten", "einige Autisten" u.ä. verwenden. Dies dient dazu, die ungefähr geschätzte Menge einer betroffenen Gruppe für Sie etwas anschaulicher zu machen. Bei der Einschätzung beziehe ich mich auf Erfahrungswerte, geführte Gespräche sowie gelesene Artikel zum Thema. Diese Vorgehensweise ist bereits eines der Probleme, mit denen man als Autist zu tun haben kann.

Spaßvogel im Partymodus

Verspielt in Köln – ein durchlebter Tag

Kapitel 2 - Beziehungsweise

Probleme ganz anderer Art ergeben sich als Konsequenz aus den Abzweigungen meines bisherigen Lebens. Zumindest vermute ich, dass es so sein muss. Dabei spielen einige "hätte" und "wäre" eine Rolle.
Wäre ich zum Beispiel in eine funktionierende Familie hinein geboren worden, hätte ich eine normale Schulbildung mit fähigen Lehrern und netten Mitschülern genossen, hätte ich im vorgesehenen Alter meinen Abschluss gemacht, wäre ich schnell und ohne Probleme bei einer Ausbildung untergekommen und wäre mir obendrein bei all dem nicht meine komische Art in die Quere gekommen, dann hätten meine bessere Hälfte und ich jetzt, einige Jahre nach unserem ersten Treffen, sehr wahrscheinlich ein anderes Leben.
Aber wie das so ist: Wer kann schon sagen, ob wir uns bei all den veränderten "hätte" und "wäre" überhaupt getroffen hätten. Eben.

Sie hat so wie jeder andere Mensch ihre persönlichen Probleme zu lösen und ich kann ihr nur sehr bedingt eine Stütze sein. Meine Eigenart will es, dass ich sie retten möchte. Vor jedem kleinen Leid. Nur ist genau das eines meiner eigenen Probleme. Ich komme verbal nicht an sie heran. Das liegt mir ganz und gar nicht. Ich treffe meistens noch den falschen Nerv bei ihr und mache es dadurch nur schlimmer für sie.

Anders herum hat sie diese neurotypische Gabe, schneller einen Zugang zu mir zu finden. Aber auch das gelingt nur abhängig von ihrer und meiner Tagesform. Zudem gibt es noch einige Reibungspunkte, da sie aufgrund ihres eigenen Alltags noch nicht sehr viel Zeit aufbringen konnte, sich mit meinem Autismus eingehender zu beschäftigen. Nur zwischendurch ist es mal möglich, aber bei solch einem komplexen Thema reicht das leider nicht, weshalb es sicher noch eine Weile braucht, bis wir uns auf einander eingespielt haben. Ich mache ihr das nicht zum Vorwurf. Neurotypische können sich vermutlich deutlich seltener als wir auf eine einzelne Sache konzentrieren. Uns bleibt ja fast keine andere Wahl.

Schriftlich bin ich besser als mündlich, auch im Verste-

hen, darum begegnet unseren Besuchern eine langsam wachsende Zettelwirtschaft, vor allem in Küche und Arbeitszimmer. Ein überdimensionales Schaubild, das die wichtigsten Fakten über Autismus allgemein und meinen Autismus im Speziellen aufzeigt, schmückt eine Wand unseres Wohnzimmers. Mein Schreibtisch quillt über vor verschiedensten Notizzetteln. Am Kühlschrank hängen diverse Verbote, Regelungen und Erinnerungen.
Denn das Gute bei vielen Autisten ist: Sie funktionieren nach bestimmten Mustern und Regeln. Hat man diese erst einmal verstanden, wird der Umgang mit der Zeit etwas unkomplizierter.

Meine Verlobte besucht eine Selbsthilfegruppe für Partner von Autisten. Sie kann sich mit anderen Angehörigen austauschen, völlig offen und ehrlich. Und auch ich habe die Teilnahme an einer so genannten Freizeitgruppe begonnen, in der man etwas zusammen unternimmt und sich mit anderen Autisten zumindest eingeschränkt austauschen kann. Da der Autismus bei den einzelnen Teilnehmern unterschiedlich stark ausgeprägt ist, finde ich die Gruppe schwierig und nehme nicht immer daran teil. Selbsthilfegruppen für Autisten gibt es in unserer

Stadt nicht, auch wenn ich dies begrüßen würde. Natürlich ist es schön, überhaupt etwas zu unternehmen und zum Beispiel solche zielgerichteten Aktivitäten zu unternehmen wie Kegeln, aber man wünscht sich doch eine Gruppe, in der man explizit über seine Probleme sprechen kann. Da ich nicht der einzige bin, der bei seinen Ausführungen automatisch monologisiert und in verschiedene Assoziativthemen gerät, gestaltet sich eine solche Gruppe sicher anstrengend, aber mit der Hoffnung auf Hilfe im Alltag, ohne direkt eine Einzeltherapie in Anspruch nehmen zu müssen, wäre es sicher einen Gedanken der Umsetzung wert. Teilnehmer, die ihre Probleme umständlicher als ich verbalisieren müssen, könnten durch kompetentes Personal und verbal gefestigtere Teilnehmer Unterstützung finden.

Bemalt von der Liebsten

Verträumter Hunger auf Liebe und Lasagna

Meine Verlobte und ich machen jedenfalls Fortschritte und man kann sagen, dass einige Alltagsprobleme einfacher oder schneller gelöst werden können als vorher, weil das Wissen, was eigentlich los ist, so manches Missverständnis im Voraus entkräftet. Dennoch bleibt der Zustand insgesamt für uns beide noch gewöhnungsbedürftig.

Frühere Beziehungen zu Frauen oder Männern waren aus den verschiedensten Gründen gescheitert. Aber mit dem Wissen, das ich heute besitze, wird es umso klarer, dass auch mein Autismus daran seinen Anteil gehabt hat. Ebenso sind Freundschaften nicht immer einfach für mich, wobei mich stets der Gedanke getrieben hat, ich sei einfach zu kompliziert für die meisten meiner Mitmenschen. Gar nicht so fern von der Wahrheit, das ist nun klar.

Es war immer auffällig, dass ich mich von Mitschülern zurück gezogen habe. Und das sicher nicht nur wegen des Mobbings. Stets habe ich die Einsamkeit vorgezogen, fühlte mich in der Gesellschaft vieler Personen unwohl. Das änderte sich erst später, wenn meine Gesellschaft vorrangig aus Leuten mit ähnlichen oder gleichen

Interessen bestand. Aber selbst dann gab es Reibungspunkte, die sich niemand so recht erklären konnte.

Üblicherweise empfinde ich unklare Aussagen, Sarkasmus und Mimik entweder als irritierend oder verstehe die Bedeutung gar nicht. Mit den Jahren habe ich ein paar dieser Defizite ausgeglichen und verstehe manches heute besser als früher, aber vieles bleibt ein Buch mit sieben Siegeln. Dann frage ich, je nach Situation, auch mal nach, aber von fünf Personen können mir drei nicht verständlich erklären, warum sie auf eine bestimmte Art geschaut, gelächelt oder gesprochen haben, was das Dazulernen für mich erschwert. Ich lache dafür häufig über Äußerungen, Situationen oder Gedankengänge, die im gesellschaftlichen Kontext nicht unbedingt als belustigend empfunden werden. Seit einigen Jahren habe ich dafür folgende, versuchte Erklärung formuliert: Auf einer Beerdigung eines mir nahestehenden Menschen könnte es mir passieren, dass ich plötzlich anfange zu lachen, und das nicht etwa, weil ich den Ernst der Situation nicht erkennen könnte, sondern weil zum Beispiel etwas in meinen Gedanken mich spontan zum Lachen bringt. Ohne, dass ich etwas dagegen machen kann.

Das liest sich anstößig? Verständlich. Aber da es Teil meines Autismus ist, der auch meine emotionalen Zustände beeinflusst, lässt sich solch ein plötzlicher Emotionsausbruch nicht durch einen Satz wie "Bei der Beerdigung ist es dir verboten zu lachen" verhindern. Oder anders formuliert, ich kann zwar den Versuch wagen, ein leichtes Lachen zu unterdrücken, aber dies könnte von einem regelrechten Lachanfall gefolgt sein, der noch unangenehmer für alle Anwesenden wäre und den ich noch unwahrscheinlicher unterdrücken könnte.
Natürlich ist es ebenso möglich, dass nichts dergleichen geschieht und ich in der beschriebenen Situation ganz herkömmlich traurig bin. Aber zu wissen, dass es bei jemandem wie mir auch anders ablaufen kann und zumindest teilweise verstehen zu können, warum das so ist, hilft den Mitwissenden oft schon sehr.

Was dagegen nicht immer hilft, ist mein Drang zu helfen. Nicht, dass wir uns hier falsch verstehen: Ich besitze durchaus ein mehr oder weniger gesundes Bewusstsein dafür, mich um mich selbst zu kümmern. Aber sobald eine zweite Person mit im Spiel ist, passiert es wiederholt, dass ich nicht tatenlos zusehen kann. Dies gilt nicht für jeden Autisten. Manche bleiben teilnahmslos, nehmen nur wahr, aber mischen sich nicht ein, weil sie im äußersten Fall überhaupt nicht begreifen, dass ihre Teilnahme in den Belangen anderer eine mögliche Option wäre.

Ich dagegen kenne einfach kein Maß, sobald ich mich einmal entschieden habe, jemandem zu helfen. Ich kann andere Menschen durchaus sich selbst überlassen, aber sehr häufig denke ich über mögliche Lösungen nach und finde auf Theoriebasis oft die richtige Lösung für das Problem eines Mitmenschen. Dass ich aber manchmal zielorientierter und motivierter bin als mein Gegenüber oder dass meine Lösung in der praktischen Umsetzung komplizierter ist als in meinem Kopf, merke ich häufig erst dann, wenn ich genervtes, verständnisloses oder einfach nur resigniertes Feedback erhalte. Dass ich dann versuche, meinen Denkfehler zu berichtigen, trägt nicht immer zu einer befriedigenden Lösung bei. Aber ich lerne dazu, wenn auch in minimalen Schritten.

15 minutes of fame

Gassi gehen färbt ab

Ein nicht unerheblicher Punkt, wenn man von der Beziehung zwischen Autisten und ihren Mitmenschen spricht, befasst sich mit dem Verhältnis von Wahrheit und Lüge. Allgemein wird gerne das Bild vermittelt, ein Autist könne sich nicht verstellen, könne nicht lügen. Doch es ist möglich. Vielleicht, und hier kann ich nur mutmaßen, hängt das mit äußeren Einflüssen und zunehmendem Alter zusammen. Meine Kindheit und Jugend war zuhause als auch in der Schule erfüllt von Notlügen, kleineren und größeren Lügen, die sich zwar sehr oft entlarven ließen, aber eben doch da waren. Auf der anderen Seite zeigten mir Bücher und Kinderserien, dass Lügen ein untragbares Konzept sei, das man nicht anstreben darf. In der Kompliziertheit meiner Jugend lernte ich dennoch, dass manche Lüge eine Situation vereinfachen kann. Also was blieb mir anderes übrig, als es auszuprobieren? Ich war und bin bis heute ein großer Freund der Wahrheit geblieben, aber dieses Konzept einer falschen Wahrheit, die alles einfacher machen kann, hat mich schon als Kind gleichermaßen verwirrt und fasziniert. Bis ins Erwachsenenalter hinein habe ich neben meinem Kampf für die Wahrheit trotzdem immer wieder

auch Lügen erzählt, einerseits, weil es mir Umstände einfacher machte, andererseits, weil ich dazu gehören wollte und dafür nur ein Satz in meinem Kopf nötig war: Jeder lügt doch irgendwann mal.
Verstehen Sie, es war vermutlich nur eine kleine, unbedachte Äußerung in meiner Kindheit, als mir praktisch gesagt wurde, man dürfe zwar nicht lügen, aber "so eine kleine Notlüge tut keinem weh". Ich konnte mit dieser für mich schwammigen Aussage nichts anfangen, wusste aber damals nicht damit umzugehen. Also musste ich eine für mich verständliche Aussage daraus machen. Und die naheliegendste war: Lügen ist in Ordnung, wenn man es gerade nötig hat.
Das Problem, wie Sie sehen, lag an der Formulierung. Heutzutage scheue ich mich nicht mehr davor, nachzufragen. Aber als Kind war ich noch deutlich introvertierter und musste mit all dem Seltsamen um mich herum zurecht kommen. Heute, mit der Diagnose im Hinterkopf, weiss ich, dass mir klare Ansagen helfen und schwammige Ansagen mich hochgradig verwirren. Damals war jede schwammige Ansage eine Denksportaufgabe, die ich alleine lösen musste. Als Kind und Jugendli-

cher, zudem mit wahrscheinlich damals schon erwachendem, immer stärker werdendem Autismus, wurde mein Leben von Monat zu Monat komplizierter und ich hatte es zwischen unharmonischem Privatleben zuhause und mobbenden Mitmenschen in der Schule oft extrem nötig, dass die Umstände einfacher werden. Meine ersten Lügen waren zu simpel, und ich musste mich anstrengen, mir bessere auszudenken. Eigentlich habe ich durch Lügen mein Leben erschwert anstatt es zu vereinfachen. Natürlich gab es immer mal Lügen, die nicht entdeckt wurden, aber der Gedanke, erwischt zu werden, behagte mir nicht. Dennoch konnte ich nicht aufhören.

Es ist fast traurig, zuzugeben, dass ich von diesem Konzept der Unwahrheit immer Spuren in mir finden werde. Mittlerweile, nachdem ich unzählige Menschen vor den Kopf gestoßen und enttäuscht und damit vor allem auch mir selbst geschadet habe, hat sich endlich die Vorgehensweise eingespielt, dass die Wahrheit zwar in meinem Fall oft meine Mitmenschen unglaublich nerven und stressen kann, was umgekehrt auch mich nervt und stresst, aber insgesamt und nachhaltig für mehr Frieden und Harmonie sorgen kann. Und vielleicht, ich weiss es nicht, ist ja genau das der Schlüssel zu einer funktionierenden zwischenmenschlichen Beziehung.

Im Leben eines erwachsenen Autisten ist vieles sehr anstrengend, wobei der Umgang mit anderen Menschen wohl am meisten belastet. Zum Beispiel ist es ein großes Dilemma, dass manche von uns ein großes Faktenwissen besitzen. Da wird im Voraus gedacht, wo andere erst anfangen zu denken. Plötzlich steht ein Fakt im Raum, von uns geäußert, und wir glauben nicht, sondern wissen tatsächlich (sagen wir, in etwa 98% aller Fälle), dass wir mit diesem Wissen recht haben. Es macht aus logischem Standpunkt keinen Sinn, etwas anderes zu behaupten oder diesen Fakt in Frage zu stellen. Nun kommt aber jemand, der etwas anderes meint oder denkt oder glaubt oder zu wissen glaubt. Ein Neurotypischer, der die Aussage des Autisten in Frage stellt. Sie glauben gar nicht, was für ein nervtötender Besserwisser so ein Autist sein kann. Aber noch schlimmer ist es, wenn dieser Autist nach logischem Standpunkt weiss, dass er sogar recht hat. Selbst, wenn er aufgrund seines Autismus nicht plausibel mündlich erklären kann, wieso er recht hat. Ein banales Beispiel: Angenommen, es erklingt eine kurze

Melodie und ich weiss automatisch, dass der Komponist dieser Melodie Ludwig van Beethoven ist. Jetzt verneint ein Neurotypischer und behauptet, das sei nicht von Beethoven, sondern Brahms. Ich verneine ebenfalls, da ich die einzige Wahrheit schon genannt habe und bereits in diesem Moment einen Angriff gegen mein Wissen verspüre. Es ist ganz seltsam, aber dieses untrügliche Wissen kann ich nicht richtig beschreiben. Es ist nicht mit der Sicherheit zu vergleichen, die man als Neurotypischer verspürt, wenn man sagt, man sei sich sicher. Ich habe viele Momente, in denen ich mir nicht bloß sicher bin, sondern ich weiss, dass ich es weiss. Und in fast allen Fällen habe ich auch recht. So nervtötend man Besserwisser auch finden kann, aber auf der Suche nach Antworten, Tatsachen und Fakten bringt es nichts, falsches Wissen zu verbreiten. Es hält nur auf.

Wenn also die Frage gestellt wird, wessen Melodie zu hören ist, ist nur die richtige Antwort logisch. Für einen Autisten wie mich zumindest. Ich verstehe zwar das Prinzip von Scherzantworten, aber im Dialog über die tatsächliche Antwort ist nur eine korrekte Antwort gültig. Und wenn ich diese weiss, sehe ich keinen Grund, sie nicht zu verteidigen. Jemand, der Beethoven als Brahms bezeichnet, muss nach meiner Logik aufgeklärt werden, damit er nicht mit falschem Wissen durch die Welt geht. Sie sehen, wie anstrengend auch dieser Umstand sein kann. Gleichzeitig kann man davon ausgehen, dass man gesichertes Wissen erfährt, wenn man einen Autisten befragt. Ich behaupte nur dann Dinge, wenn ich es selbst nicht besser weiss, lasse mich gerne plausibel und nachweislich belehren (denn ich weiss, dass Neurotypische im Prinzip besser mit Argumentationen umgehen können als ich, weshalb ich auch fundierte Beweise verlange, um das gegenteilige Wissen anzunehmen), und wenn ich mal etwas nicht weiss oder mir nicht sicher bin, sage ich das in aller Regel auch.

Beziehungen sind faszinierend, wichtig und herausfordernd. Wenn ich mich im Umgang mit einem Menschen besonders wohl fühle, ziehe ich sehr viel Kraft daraus. Der Nachteil davon kann sein, dass ich sozusagen süchtig danach werde, mehr Momente mit solch einem Menschen zu erleben, was aber als aufdringlich empfunden werden kann. Meine persönliche Konsequenz lautet deshalb, meinen Kontakt zu diesem Menschen knapp zu halten, was dann aber den Nachteil haben kann, dass der betreffende Mensch mich für distanziert hält oder glaubt, dass ich nicht viel mit ihm zu tun haben möchte. Entweder wirke ich also sehr aufdringlich, was in jedem Fall bedeutet, dass ich mich mit dem Menschen wohlfühle. Oder ich wirke sehr distanziert und kurz angebunden, was dann entweder tatsächlich Abneigung bedeutet oder dass ich auf meine eigene, autistische Art Rücksicht zu nehmen versuche. Hin und wieder gelingt mir mit Glück auch ein Mittelweg, wodurch dann engere Kontakte oder sogar Freundschaften entstehen können. Generell muss ich aber sagen, dass echte Freunde nicht unbedingt zahlreich im Umfeld eines Autisten sind, wobei es natürlich auch hier Ausnahmen geben mag.

Selbst in einer harmonischen Beziehung, ob nun freundschaftlich oder liebesbedingt, kommt es zum Streit. Ich bin kein guter Streitführer, denn meine gesamte verbale Basis besteht aus einer speziellen Wahrnehmung, die mein neurotypisches Gegenüber nicht hat. D.h. die eigentliche Streitursache, der Streitverlauf, jede streitbezo-

gene Argumentation und selbst die Streitschlichtung bzw. der Streitschluss - alles davon passiert auf meiner Seite nach demselben Prinzip: Fakten, Fakten, Fakten. Allgemeinwissen, Fachwissen, vergangene Dialoge, vergangene Streits, meine aktuelle Wahrnehmung. Und obendrauf der Fakt, dass ich bei jeder Äußerung meines Gegenübers immer nur annehmen kann, wie es gemeint war. Und meine Güte, liege ich oft falsch!
Aber es ist beruhigend zu wissen, dass mir das seit meiner Kindheit so geht und dass ein Streit nicht unbedingt den Untergang der Welt bedeutet, sondern auch ganz normaler Alltag sein kann.

Leid und Liebe und Liebe und Leid

Violette Paartagung

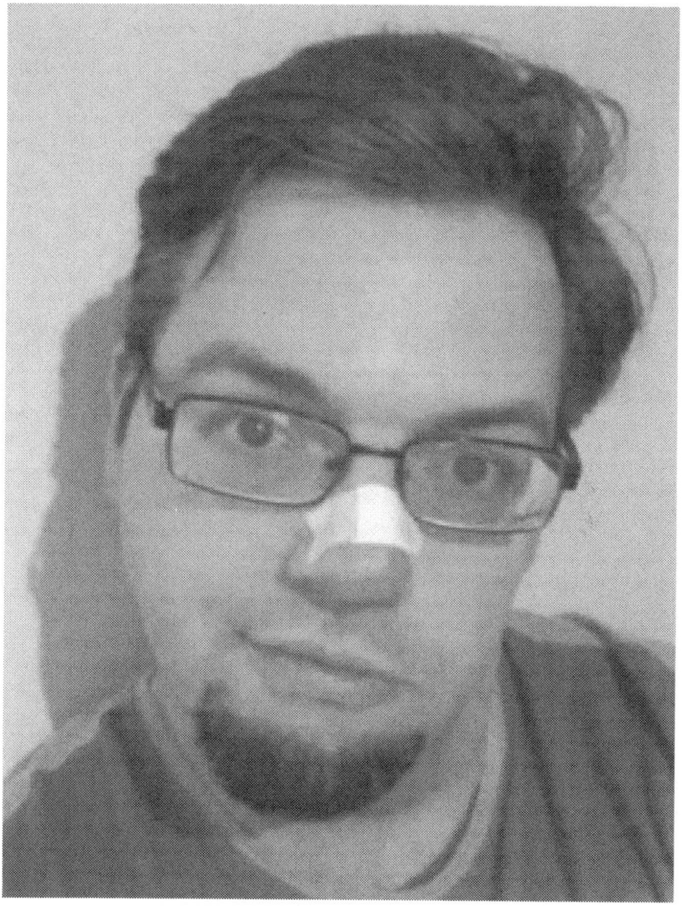

Pflaster helfen heilen

Irgendwas ist immer kopfseitig

Kapitel 3 - Alltägliches

Im Rückblick betrachtet erscheint einiges aus meiner Kindheit und Jugend verständlicher. Schon meine Geburt muss ein kleines Abenteuer gewesen sein. Nicht nur, dass ich per Kaiserschnitt zur Welt kam, sondern vor allem der Grund dafür ist durchaus bemerkenswert. Meine Nabelschnur hatte sich um meinen Hals gewickelt, weshalb für wenige Minuten keine Sauerstoffzufuhr zu meinem Gehirn bestand. Nach heutiger ärztlicher Sicht habe ich großes Glück gehabt, da ich bleibende Schäden davon hätte bekommen können. Da man aber nicht sicher sagen kann, wann nun eigentlich mein Autismus begonnen hat, liegt es zumindest im Bereich des Wahrscheinlichen, dass die Komplikationen bei der Geburt nicht ganz unschuldig gewesen sein könnten. Die oft zitierte Inselbegabung, die pauschal jedem Autisten angedichtet wird, hätte man am ehesten in meiner frühen Kindheit und Grundschulzeit vermuten können. Im Alter von gerade mal 4 Jahren brachte ich mir fast im Alleingang das Lesen bei, indem ich die Sprechblasen

von Comics erforschte und nur, wenn ich einzelne Buchstaben nicht verstand, einen Erwachsenen fragte. Bis heute habe ich deshalb eine spezielle Verbindung zu Comics und comicähnlichen Medien. Ein ähnliches Kunststück gelang mir viele Jahre später, als ich mir lediglich durch die Gesamtausgabe von Sherlock Holmes und ein englisches Wörterbuch einen Großteil von meinem heutigen Englischkönnen beibrachte.
Während meiner Grundschulzeit musste ich einen IQ-Test absolvieren; den Grund dafür habe ich vergessen, allerdings nicht das Ergebnis: Für ein Kind unter 10 Jahren war mein Wert von 130 bemerkenswert. Aber wenn Sie mich fragen, kann diese Zahl vor dem Hintergrund meiner Diagnose nicht mehr vollständig ernst genommen werden. Für mich erscheint es nur logisch, dass ich mit meiner intensiveren Wahrnehmung in herkömmlichen Tests automatisch anders abschneide. Vielleicht sollte ich mich mal um einen IQ-Test für Autisten bemühen, aber was sagt das schon über mich aus?

Vieles, das für Sie Bestandteil eines normalen Alltags ist, kann für einen Autisten bereits eine mittlere Katastrophe sein, weil er aus diesem oder jenem Grund ein erhebliches Problem damit hat. Sei es, dass er sich nicht täglich die Zähne putzt, dass er nicht immer alleine die Treppe herunter gehen kann oder dass er nicht regelmäßig duscht. In solchen Fällen muss vielleicht erst herausgefunden werden, dass ihm nur eine bestimmte Zahnpasta schmeckt, er eine spezielle Abart von Höhenangst hat oder aufgrund seiner Angst vor Wasser tatsächlich den Befehl benötigt, duschen zu gehen.

Ich kann mich beispielsweise nicht täglich rasieren, obwohl ich nicht abgeneigt wäre. Ich mag einen glatten Hals und glatte Haut. Zwar spricht nichts gegen einen Stoppelbart oder Bärte generell, und ich variiere auch gerne das Aussehen meines Bartes. Aber meine Haut ist grundsätzlich so empfindlich, dass jeder Versuch, mich täglich zu rasieren, schmerzhaft scheiterte. Seit vielen Jahren habe ich es deshalb aufgegeben und rasiere mich nur alle paar Tage, unregelmäßig. Ich habe schon verschiedene Pflegemittel und Tipps versucht, damit meine Haut nicht spannt, nicht gereizt wird und so weiter. Nichts hat geholfen. Es spannt, es schmerzt, es blutet, es hinterlässt ein eindeutig unangenehmeres Gefühl für den

Tag, als wenn ich einfach ein paar Tage warte. Als Autist muss ich leider oft Rücksicht darauf nehmen, dass ich mich mit dem, was ich tue, wohlfühle. Ich sage leider, weil diese Rücksichtnahme auf mich selbst nicht nur schön sein kann. Vielleicht denken Sie, ist der verrückt? Ist doch toll, wenn alles immer nach meiner Pfeife und nach meinen Wünschen tanzen muss. Glauben Sie mir, es ist alles andere als schön. Nicht auf Dauer. Was das Rasieren angeht, hätte ich nichts dagegen einzuwenden, jeden Tag frisch rasiert das Haus zu verlassen. Aber meine Haut macht es nicht mit. Mein extremes Empfinden von Schmerzen macht es nicht mit. Und das unentspannte Gefühl, das meinen restlichen Tag nach so einer missglückten Rasur bestimmen würde, macht es auch nicht mit. Also bleibt die einzige Konsequenz, mich nicht täglich zu rasieren. So geht es auch, und ich kann mich damit zufriedengeben.

Be prepared for the singer

Auch unentschlossen bleibt Altes alt

Seit ich mich zurück erinnern kann, wollte ich auch immer mal Dinge ausprobieren, die ich woanders gesehen oder erlebt habe. Reflektierend würde ich behaupten, der Autist wollte sich als Neurotypischer fühlen. Das geht über ein kindliches Nachmachen hinaus, da ich dieses Verhalten als Jugendlicher, Teenager und Erwachsener nie ganz abgelegt habe. Der einzige Unterschied dabei liegt in meiner Auffassungsgabe. Da ich Situationen anders wahrnehme, übersetzt sie mein Kopf auch anders und ich imitiere das Verhalten dann nicht einfach eins zu eins, sondern so, wie ich es wahrgenommen oder empfunden habe, was beim Gegenüber natürlich häufig zu Missverständnissen führen kann.

Überhaupt ist meine Wahrnehmung ein Fall für sich. Nach der modernen Körperlehre spricht man von insgesamt neun Sinnen: Sehen, tasten, riechen, schmecken und hören, außerdem Bewegung, Gleichgewicht, Schmerz und Temperatur. Alle diese Sinne nehme ich drastisch intensiver wahr als ein nichtautistischer Mensch, was erst einmal bemerkenswert klingt, aber in der Realität ungeheuer anstrengend ist. Ich sehe zu viel, höre zu deutlich, empfinde warmes zu heiß und kühles zu kalt, kalten Schnee an nackten Füßen wiederum als angenehm, habe eine Gleichgewichtsstörung seit einem Sturz als Kind, empfinde leichten Schmerz bereits als unerträglich, bin süchtig nach Gerüchen oder extrem ablehnend gegen sie, genieße gutes Essen auf einem anderen Level als Neurotypische, bewege mich entweder langsamer oder schneller als andere und beim Thema Fühlen bin ich quasi von einem anderen Stern. Außerdem kann ich an meiner Wahrnehmung nichts ändern, d.h. ich kann zum Beispiel nicht kontrolliert weniger Schmerz empfinden oder lernen, Berührung harmlos zu empfinden. Jede Form der Wahrnehmung ist für mich eine Herausforderung und oft auch eine Überforderung. Entweder ist es extrem entspannend, extrem angenehm, extrem harmonisch oder aber extrem ablenkend, extrem belastend, extrem überfordernd ... Sie verstehen, worauf ich hinaus will. Keines meiner Wahrnehmungsfelder kommt ohne Extreme aus. Das kann eben entweder besonders schön (oder noch besser) oder besonders unschön (oder noch schlimmer) sein. Wenn es eine Graustufe gibt, dann höchst selten und willkürlich.

Mittlerweile ist meine Diagnose schon einige Zeit her. Manches hat sich eingespielt zwischen meiner Verlobten und mir. Auch der innere Kreis ihrer Großfamilie weiss inzwischen Bescheid, ebenso ein paar unserer engsten Freunde. Vieles ist weiterhin schwer, zumal meine bessere Hälfte ja typisch menschlich mit ihren eigenen Problemen zu tun hat, aber wir beide machen Fortschritte. Mehr kann man wohl kaum erwarten.
Mein Gedankenchaos ist ständiger Begleiter, und immer häufiger suche ich bei Überforderung die Ruhe und den Abstand, abseits vom Treiben des Alltags. Aber nur dadurch kann es weiter in gewisser Harmonie funktionieren, ohne häufige Eskalationen oder generelle unangenehme Situationen. Diese Eskalationen haben in Fachkreisen viele Namen und ihre Natur will es, dass zwischen der Ursache und dem Umgang damit ein zerbrechliches Verhältnis besteht. Ein Teufelskreis, auf den ich in Kapitel 6 näher eingehen werde.
Sie werden niemals darauf kommen, was mir hilft, aus diesem empfindlichen Teufelskreis auszubrechen. Verständnis, liebevolles Berühren - und langfristig ein Phänomen namens ASMR, über das Sie sich in bekannten

Medien ausführlich informieren können. In bestmöglicher Kürze ist es ein Prinzip, bei dem bestimmte Auslöser (ein Flüstern, ein Kratzen, ein Knistern o.a. andere kontrollierte Töne) solche Schauer erzeugen, dass sich alles entspannen kann. Das funktioniert nicht bei jedem Menschen gleich und bei einigen sogar überhaupt nicht. Aber dass es bei mir funktioniert, rettet mich in manchen Momenten und lässt mich sogar verhäuft schnell und gut einschlafen.

Ja, ich hatte früher mit Schlafproblemen zu kämpfen. Denn neben meinem Autismus habe ich noch ganz und gar normale Probleme und Eigenschaften. Ich bin zum Beispiel ziemlich tollpatschig, gerade in den Momenten, in denen ich besonders leise sein will. Als Student war mein bester Freund der Kaffeebecher und während des Abiturs hatte ich wie fast jeder andere Prüfungsangst. Ich singe gerne Radiosongs mit und bin wahrscheinlich genauso wenig scharf auf die nächste Grippewelle wie Sie. Und doch gibt es Unterschiede.

Melancholischer Herbst mit Motivation im Herzen

Kontakte zu knüpfen, einer Arbeit nachzugehen, ein Hobby leidenschaftlich auszuüben - all diese Dinge, die für Sie möglicherweise alltäglich und selbstverständlich sind, stellen für mich eine Art Herausforderung dar, bei der mir niemand so ohne Weiteres helfen kann. Denn obwohl es freundliche und aufgeschlossene Menschen gibt, die ihre Unterstützung anbieten, kann mir bei einem bestimmten Problem wirklich buchstäblich niemand helfen: Dem Gedankenchaos in meinem Kopf, das, wie Sie feststellen werden, sich über große Strecken maßgeblich von bekanntem Chaos, wie man es aus anderer Leute Köpfe kennt, unterscheidet.

Weil es dieses Gedankenchaos gibt, über das Sie im Folgekapitel ausführlicher lesen werden, und weil ich mit schwammigen, witzigen oder sarkastischen Aufgabenstellungen im Alltag selten bis nie zurecht komme, benötige ich in den meisten Fällen klare Ansagen, was ich tun soll. Statt "Es wäre schön, wenn du heute den Rasen mähst" muss es bei mir zum Beispiel lauten "Du mähst heute den Rasen". Will man das in einem bestimmten Zeitraum erledigt haben, muss mir auch dieser möglichst präzise genannt werden. Sowas ist nicht jeden Tag und schon gar nicht rund um die Uhr nötig, aber will man etwas ganz Bestimmtes von mir, erreicht man mit glasklaren, unmissverständlichen Ansagen definitiv mehr. Kurz gesagt, wenn jemand mir bei meiner Lebensorganisation etwas hilft, gerate ich gedanklich nicht allzu oft durcheinander. Aber Selbstständigkeit ist trotzdem absolut kein Fremdwort für mich. Wenn ich mit dem Bus irgendwo hin möchte, muss mir niemand sagen, um wieviel Uhr ich wo ein- und aussteigen muss. Ebenso kann ich problemlos selbst ins Kino und habe in der Vergangenheit sogar die komplette Organisation eines eigenen Hörspiels mit mehreren Sprechern allein übernommen. D.h. ich benötige zwar Struktur, aber eben nicht zu 100%. Feste Regeln, festgelegt durch andere (zum Beispiel durch meine Partnerin), können mir dabei helfen, disziplinierter zu handeln.

Fanatischer Professor auf der Bühne des Lernens

Meinen Alltag kann ich, je nach Tagesform, flexibel umgestalten. Dabei müssen bestimmte Abläufe immer gleich sein, sonst gerate ich in eine innere Krise. Dieses Verhalten ist tatsächlich mal "typisch autistisch", wenn man das so sagen kann, denn es findet sich bei einigen anderen Betroffenen und ja, sogar im "Rain Man". Je nach Härte einer Abweichung vom Gewohnten ist es mir ebenfalls schon passiert, dass ich mir gegen den Kopf geschlagen habe, willkürlich, nicht um mich zu verletzen, sondern weil es dann die einzige Ausdrucksweise meiner Verzweiflung und Ratlosigkeit war. Dann hilft mir nicht, meine Hand festzuhalten und mich mit Maßregelungen zur Vernunft bringen zu wollen, sondern entweder sanftes, geduldiges Zureden oder im Idealfall eine Wiederherstellung meines gewohnten Ablaufes.

Ich und viele andere Autisten (gewiss nicht jeder) funktionieren nach Mustern, wie schon im ersten Kapitel kurz erwähnt. Wenn man versteht, wie wir ticken, ist es im Prinzip nicht mehr schwer, mit uns umzugehen, da das Muster sich im normalen Ablauf nicht ändert. Erst, wenn andere Menschen sich in dieses Muster einmischen, verändert sich das Verhalten zu etwas Unberechenbarem. Dabei reicht das Spektrum von kindischer Natur bis zur regelrechten Naturkatastrophe. Auch als erwachsener Autist hat man nur selten Kontrolle darüber. Diese kann man sich bis zu einem gewissen Grad erarbeiten, wenn man von seinem Umfeld Verständnis und Akzeptanz erfährt, weil dann der Druck auf das eigene Wesen abgemildert wird.

Wenn ich Druck erfahre, zum Beispiel beim Verstehen einer gerade gehörten Regel, dann kann es passieren, dass ich länger benötige oder sich Fehler einschleichen. Oft sind es nur ein oder zwei Minuten mehr Geduld, die man aufbringen müsste, damit ich in Ruhe nachdenken kann und es in meinem Gedankenchaos einsortiert habe. Stellen Sie sich einen PC vor. Sie haben die Info in Ihrem eigenen Kopf, wollen sie aber auf dem PC abspeichern. Das kostet alles eine gewisse Zeit: PC anschalten, er fährt sich hoch, Sie müssen das entsprechende Programm öffnen, die Info eintippen, abspeichern und dabei auswählen, in welchem Ordner es abgespeichert wird und schließlich das Programm schließen und den PC wieder herunterfahren und ausmachen. Das alles kostet nur ein paar Minuten, aber genau diese Minuten brauchen auch einige Autisten wie ich, die eine Information nicht unbedingt direkt hören und verstehen können, sondern sie erst einmal nehmen und gedanklich abspeichern müssen. Sobald Sie das nächste Kapitel gelesen haben, werden Sie etwas besser verstanden haben, wie abhängig wir von der Geduld unserer neurotypischen (nichtautistischen) Mitmenschen sind, ganz gleich, welche persönliche Problematik ein Autist hat oder nach welcher Art er funktioniert.

Übrigens kann es im Alltag enorm helfen, wenn der Partner klare Ansagen macht. Da diese im Einzelfall aber Befehlen gleichen, ist so ein Verhalten natürlich mit Unbehagen verbunden. Welcher Mensch erteilt seinem Lebensgefährten schon gerne Befehle? Es sind aber nur von der Form her Befehle. Sie dürfen gerne liebevoll betont sein, aber pragmatisch und leicht verständlich müssen sie sein, damit der Autist sie auch garantiert nicht missverstehen kann. Manche Autisten folgen klaren Ansagen vielleicht blind, andere wie in meinem Fall müssen vielleicht eher selbst die Idee haben, dass sie eine bestimmte klare Ansage benötigen. Nur dadurch, dass ich selbst es auch will, kann ich es befolgen. Das gilt aber nicht für jede klare Ansage. Manche Inhalte würde ich selbst nicht unbedingt freiwillig durchführen, obwohl es zum normalen Alltag gehört und gemacht werden muss. Es lohnt zum Beispiel nicht, wenn ich mir einen Wochenplan für mich selbst erstelle. Ich halte mich nur daran, wenn meine Partnerin ihn erstellt. Und selbst dann kann es passieren, dass ich mir diverse Angaben darauf zurecht biege und so erledige, wie ich es will, wenn zum Beispiel die Uhrzeit zu schwammig angegeben ist. Bin ich über den Tag allein zuhause, halte ich die Uhrzeiten trotzdem vielleicht nicht ein, sondern erledige es zu einem früheren oder aber späteren Zeitpunkt. Das geschieht nicht aus bösem Willen, sondern weil es sich um eine To-Do-Liste handelt, mit der ich frei agiere, wie es gerade passt. Mit Verboten und anderen klaren Ansagen funktioniert das besser und effektiver. Wenn mir ohne Füllwörter und ohne schwammige Formulierung gesagt wird, ich soll jetzt Sache X tun, dann erledige ich das direkt und unmittelbar. Dafür darf ich aber nicht mit etwas anderem beschäftigt sein, weil sonst meine Tätigkeit für mich logischen Vorrang hat. Eine klare Ansage erfolgt im Idealfall nur im Imperativ, also zum Beispiel "Spül

jetzt das Geschirr."
Schwammig wäre in dem Fall "Es wäre schön, wenn du im Lauf des Tages Geschirr spülen könntest." In diesem Satz sind so viele Unklarheiten, dass sie für mich nicht zur Verarbeitung reichen und mein Kopf daraus macht "Falls du Lust hast, kannst du heute Geschirr spülen, du kannst es aber auch lassen." Sie verstehen, wie unproduktiv das ist. Die klare Ansage ist da eindeutiger und lässt keine anderen Interpretationen zu. Wahlweise kann man auch sagen "Spül jetzt bitte das Geschirr." Aber wissen Sie was? Selbst das Wort Bitte in diesem Satz ist schon hart an der Grenze für mich. Ich höre es aus Gründen der Höflichkeit gerne, da Höflichkeit für mich eine gewisse Rolle spielt, aber es mildert trotzdem die Bestimmtheit einer klaren Aussage ab.

Auf dem Weg zu einem guten Arbeitsplatz

Es ist mit meinem Autismus erstaunlich gut vereinbar, einer Arbeit nachzugehen. Freilich kann das nicht jede x-beliebige sein, aber wenn es sich gut mit meinem Wesen und meinen Anforderungen versteht, kann ich manches Tätigkeitsfeld zur ausreichenden bis sehr guten Zufriedenheit meines Arbeitgebers ausfüllen. Die Aufgaben müssen im Bestfall gleichbleibend sein, aber wenn ab und zu Ausnahmen dabei sind, ist das in einer angenehmen Arbeitsumgebung kein größeres Problem. Wenn man mir eine Chance, Geduld und Aufgaben gibt, die für mich umsetzbar sind, dann bin ich in der Lage, mir jeden Cent auch wirklich zu verdienen. Ich kann ein Teamplayer sein, wenn die Harmonie stimmt, kann mich von diversen Kollegen aber auch weitestgehend distanzieren, wenn sie mich aus dem Gleichgewicht bringen.

Medikamente, wenn ich welche nehmen muss, machen keine Probleme, und ich bin wahnsinnig wetterempfindlich, sowohl gegen starke Hitze als auch gegen hastige Wetterwechsel.

Fensterscheiben stellen manchmal eine besondere Herausforderung dar, denn ich bin nicht wirklich in der Lage, das Konzept hinter dem Spiegelbild zu verarbeiten.

Das Resultat: Manchmal erscheint mein Spiegelbild mir selbst als teuflischer Kobold und lässt mir das Blut in den Adern gefrieren.
Als ich im Zuge meines Diagnosegesprächs das erste Aufkommen dieser Wahrnehmung im Detail schilderte, überkam mich ein massiver, wenn auch kurzer Weinkrampf. Selbst Ablenkung hilft nicht immer, wenn es draußen dunkel ist und ich scheinbar allein bin mit der seltsamen Gestalt, die außerhalb alles beobachtet, was ich mache.
So wirr das klingt, aber es ist nicht selten passiert, dass ich anfange, mich zuckend und schnell zu bewegen, was eigentlich bestätigen soll, dass ich selbst diese Gestalt bin, aber diese zuckenden Bewegungen stets dafür sorgen, dass der Teufel im Glasbild noch gruseliger wirkt.
Reflektierend betrachtet weiss ich heute, dass es mit zwei Erlebnissen aus meiner Kindheit und Jugend zusammenhängen muss.
Als Kind schlief ich mal auf dem Dachboden eines Hauses, in dem riesige Fenster waren. Ich lag auf einer Matratze, und schon damals war die Fötusstellung meine bevorzugte Schlafposition. Aber irgendwann, als ich in

dem hell erleuchteten Zimmer, ich war noch wach und lag einfach so dort, aus Langeweile oder gedankenverloren umher sah, blieb mein Blick plötzlich und unvermittelt an dem Dachfenster hängen, das, wie ich jetzt erst merkte, in einem solchen Winkel stand, dass es ein grauenvolles Bild zeigte: Eine seltsam verdrehte Kreatur, die vor einem eckigen Ding schwebte, und in der Ecke dieses Bildes thronte der Vollmond. Und als wäre dieser Anblick nicht unheimlich genug gewesen, starrte die Kreatur, klein und verdreht, mich an! Ich hatte eine Todesangst und bekomme selbst jetzt, während ich es niederschreibe, eine Gänsehaut. Natürlich hatte ich meine eigene Spiegelung gesehen, aber schon damals nicht verstanden, warum, weshalb meine Wahrnehmung die einzig logische Schlussfolgerung ausspuckte: Dort draußen schwebte eine Kreatur im Schein des Mondes vor einem eckigen Ding und starrte mich an.

Später, in meiner Jugend, ich lag in meinem Bett und hatte einen guten Blick hinaus aus meinem Zimmerfenster in der dritten oder vierten Etage. Es war tiefschwarze Nacht, und nur von der Hauptstraße weit unten drangen wenige Lichtreflexe nach oben. Es war still, weil das

Fenster gut isoliert war, und auch in der Wohnung selbst war es still. Ich denke heute, dass es ein Albtraum gewesen sein muss oder eine für kurze Zeit aufkeimende Fantasie, die mir durch die Schatten- und Lichtreflexe einen Streich spielte, aber ich sah in dem Fenster den wirrhaarigen, kleinen Kopf eines Kobolds auftauchen, der vom Gehweg hoch zu springen schien. Deshalb verschwand er auch direkt wieder und erschien kurz darauf erneut. Und dieses helle Grinsen, das ich trotz der Dunkelheit strahlendhell sah, verfolgte mich noch lange. Ich vermute deshalb heute, dass diese zwei Erlebnisse noch jetzt dafür sorgen, dass Fenster und Spiegelbilder mir nicht geheuer sind. Trotzdem – weshalb es so etwas wie ein Spiegelbild überhaupt gibt, verstehe ich trotz aller einfachen und komplizierten Erklärungsversuche nicht.

Im Spiegel blicke ich mir ungern in die Augen

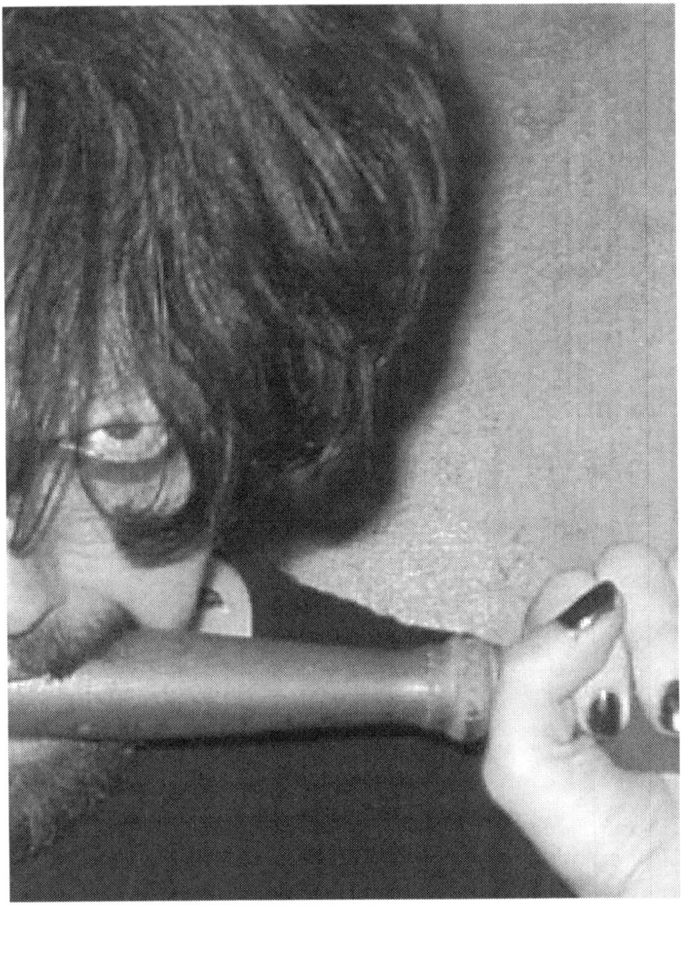

Konfrontationstherapie

In Bezug auf Musik bin ich so sensibilisiert, dass ich eine spezielle Art von Tanzbewegungen entwickelt habe, die sich mal nach dem Takt, mal nach dem Gesangsrhythmus richtet. Wenn ich gerade in der entsprechenden Stimmung bin, kommt es auch vor, dass man beobachten kann, wie ich seltsam künstlerische Figuren tanze, die aus einem abstrakten Ballett zu stammen scheinen. Überhaupt gäbe es über meine Beziehung zur Musik noch einiges zu sagen, zum Beispiel die Tatsache, dass sie für mich oft wie ein melancholisches, nostalgisches Fotoalbum auf Gedankenbasis ist, dem ich mich schwierig bis gar nicht entziehen kann.

Diese und viele weitere Details meines Körpers und Geistes, die nicht alle in diesem Buch Erwähnung finden werden, sind aber nur ein kleiner Teil eines großen Chaos, das jederzeit in mir pulsiert.

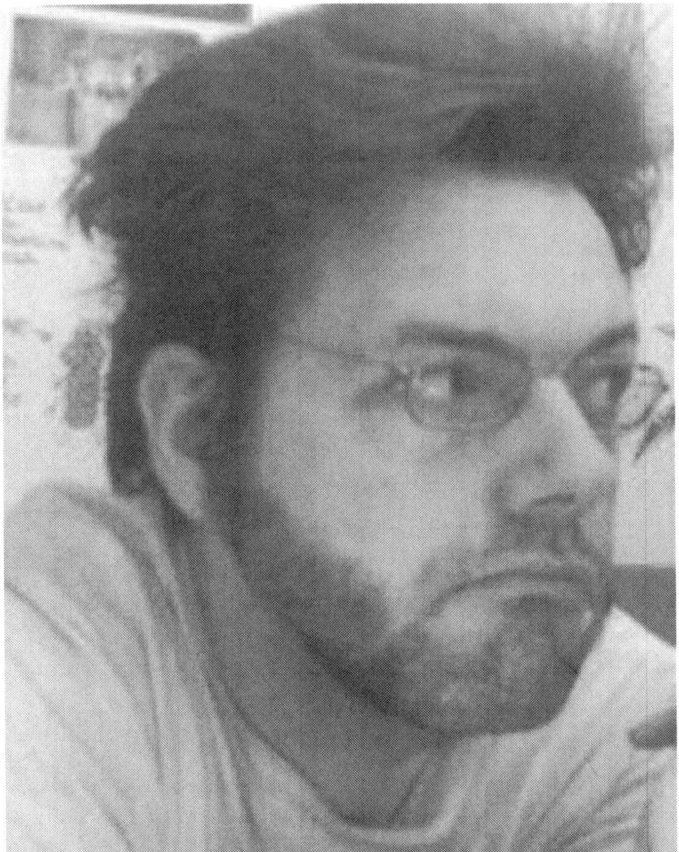

Nachdenklich im Gedenken an gedachte Gedanken

Kapitel 4 – Meine Gedankenautobahn

Am besten kann ich das Chaos, das in jeder Sekunde meinen Kopf durchflutet, als futuristische, ständig überlastete Autobahn beschreiben.
Ihnen ein einzelnes Beispiel zu nennen, würde nur dazu führen, dass ich Ursprung und Konsequenz des Beispiels erklären müsste. Und jeweils dasselbe für den Ursprungsgedanken und den Konsequenzgedanken. Und immer so weiter. Nicht zu vergessen, dass ich für jeden Ursprungsgedanken die verschiedenen, assoziativen Verknüpfungen erklären müsste, die alle ihren speziellen Teil dazu beigetragen haben, um auf besagten Ursprungsgedanken zu kommen.
Kurz gesagt, in jedem Fall würde ich Sie mit mehr Fragezeichen zurück lassen, als vorher in Ihnen existiert haben. Dieses Buch bildet da voraussichtlich keine Ausnahme. Deshalb muss ich versuchen, es Ihnen anhand eines Gedankenexperiments zu erklären.

Versuchen Sie sich einmal vorzustellen, Sie sitzen in einem Bus des öffentlichen Nahverkehrs in einer Stadt. Es ist nachmittags, der Bus ist voll besetzt mit Arbeitern, Schülern, Studenten, Senioren, Arbeitslosen und so weiter. Jeder dieser Menschen hat seine eigene Lebensgeschichte, die ihn von seiner Geburt bis zu diesem Zeitpunkt in diesen Bus geführt hat. Sie als Leser natürlich ebenso.

Nun reden all diese Personen kontinuierlich durcheinander. In verschiedenen Sprachen. Und die Geräuschkulisse ist noch vielfältiger. Der eine singt, ein anderer klopft mit seinen Fingern an eine Scheibe, ein Pärchen streitet sich, jemand telefoniert, drei Studenten diskutieren über die letzte Prüfung, Kinder lachen, und ein Mädchen lässt ständig eine Kaugummiblase platzen.

Was immer Ihnen sonst noch in den Sinn kommt, fügen Sie es gedanklich gerne hinzu. Je mehr, desto heftiger.

Nun passiert Folgendes:

Sie steigen aus. Und alle anderen Fahrgäste tun es Ihnen gleich. Doch sie streben danach nicht etwa in alle Himmelsrichtungen auseinander, nein. Dieser ganze Haufen Leute folgt Ihnen nun auf Schritt und Tritt, und das ge-

nau so laut wie vorher im Bus.
Und während Sie selbst Ihre Einkäufe erledigen, zuhause das Essen kochen, fernsehen, im Straßenverkehr stecken, Ferien machen, sind all diese Menschen dicht bei Ihnen, mit ihren Meinungen, ihren Eindrücken, ihren Ausdrücken, ihren Eigenarten und ihren Problemen. Und Sie können sich nicht dagegen wehren, zuzuhören und sämtliche Probleme lösen und sämtliche Gedanken wiederholt nachdenken und überprüfen zu wollen.

Das ist ein bildliches Beispiel für mein Gedankenchaos. Und dieses ist noch harmlos. Oft habe ich Tage, an denen ich in fünf solcher Busse zur selben Zeit zu sitzen scheine. Und alle folgen mir, wenn ich aussteige.

Sie dürfen raten, wie unspaßig es wird, wenn ich in der Realität angesprochen werde, während solche Szenarien in meinem Kopf ablaufen. Was im Prinzip immer der Fall ist. Ausnahmen gibt es nur, wenn ich selbst für Ausnahmen sorge, was aber auch nicht immer garantiert klappt. Die weiter oben genannte Methode ASMR gehört ebenso dazu wie der vor ein paar Jahren gehypte Fidget Spinner, den man mit etwas Geduld, Balance und

Gefallen überall drehen lassen kann, ob zwischen den Fingern, auf einer Fingerspitze, auf der Stirn, auf dem Knie … ich mag das leise, sirrende Geräusch, das er dabei macht, und die Fokussierung darauf, ihn in Bewegung zu halten, beruhigt mich manchmal. Dass ich ihn habe, verdanke ich meiner Verlobten, die mich darauf hinwies, dass so ein scheinbares Spielzeug in den Händen eines Autisten recht nützlich werden kann.

Außerdem habe ich mit Modellbau begonnen. Ich habe eigentlich zwei linke Hände, aber umso vorsichtiger möchte ich sein, damit diese zeitintensive Arbeit nicht umsonst ist, wovon ich mir auch eine zeitweise Verlagerung meines Fokus weg vom Gedankenchaos erhoffe. Der erste Versuch, ein kleines Modellschiff, ist nicht so perfekt geworden, wie ich es gern gewollt hätte. Doch während ich in früheren Jahren aus unkontrolliertem Frust das unfertige Ding zerschlagen und in den Müll geworfen hätte, hat mich nun das Wissen um meinen Autismus gerettet. Ich habe gespürt, dass Wut und Frust in mir hoch steigt, sobald ein Teil nicht so halten wollte, wie es vorgesehen war. Doch ich wusste, wenn ich nicht aufhöre, endet das Modell im Müll, was ich aber nicht wollte. Also habe ich zwischendurch Pausen eingelegt. Das fertige Modellschiff steht unperfekt und mit fehlenden oder versehentlich abgebrochenen Teilen auf einem Regal. Für mich ist es gleichzeitig hässlich und schön. Hässlich, weil es nicht so aussieht, wie es aussehen sollte. Schön, weil ich durchgehalten habe, weil es das Produkt meiner Hände ist und weil aufgrund meiner Fehler niemand exakt dieses Schiff besitzt. Es ist einzigartig auf seine Weise.

Eine weitere Ausnahme ist das Autofahren. Bis vor wenigen Jahren habe ich mich vehement dagegen gewehrt, einen Führerschein zu machen. Meine Meinung dazu war unumstößlich, da ich keinen realistisch und logisch nachvollziehbaren Nutzen daraus ziehen konnte, weshalb die Millionen Autofahrer einen mehr in ihren Reihen bekommen sollten. Zwar hatte und habe ich mein Traumauto im Kopf, das ich gerne irgendwann fahren würde, aber dieser egoistische Gedanke berechtigt mich nicht, nur deshalb ein weiteres Mitglied der straßenblockierenden Massen zu werden.
Doch ich zeichne mich mitunter vor allem durch mein Dazulernen aus. Ich musste feststellen, dass es für diver-

se Optionen und Freiheiten meines Privat- und Berufslebens von Vorteil sein kann, wenn ich ein Fahrzeug bedienen kann. Man ist nicht auf die Unzuverlässigkeit oder Unpünktlichkeit anderer angewiesen, wenn es darum geht, jemanden spontan zum Krankenhaus zu fahren oder aber jemanden zu entlasten, der seit Jahr und Tag weite Strecken alleine fährt, während man selbst stets nur der Beifahrer war.
Jedenfalls musste ich feststellen, dass meine zeitweise übertriebene Regelbefolgung - übertrieben im Auge eines nichtautistischen Betrachters - mir hinter einem Lenkrad äußerst nützlich ist. Ich fahre sehr gewissenhaft und vorsichtig, was mir nicht nur den unlogischen Spott mancher Zeitgenossen einbringt, sondern auch den Respekt einiger Menschen, die mir irgendwie wichtig sind.

Der Winter als gemütlicher Sessel des Reisenden

Meine Gedankenautobahn funktioniert grundsätzlich automatisch rund um die Uhr, vom ersten Moment meines Erwachens bis zum letzten Moment, ehe ich einschlafe. Mein Kopf fährt im Gegensatz zu mir fast ununterbrochen auf der Überholspur, nimmt aber willkürlich manche Ausfahrten, die gerade zu passen scheinen (selbst, wenn sie es nicht tun) und bewegt sich dann völlig selbstverständlich in andere Richtungen, die nicht vorgesehen waren.
Dieser Vorgang birgt natürlich das Risiko, dass außerhalb meines Kopfes Missverständnisse entstehen, entweder für mich oder für jemand anderen. Zu wissen, dass dies passieren kann, führt in meinem Kopf allerdings dazu, dass noch mehr Gedankengänge entstehen, die sich darum kümmern, eventuelle Dialoge in der näheren Zukunft vorab zu führen, zu analysieren und entsprechend für das Hier und Jetzt zu nutzen, um Missverständnissen vorzubeugen. Allein dadurch können aber schon ganz andere Missverständnisse entstehen.

Da dieser massive Denkprozess Zeit kostet, müsste voraus gesetzt werden, dass mein Gesprächspartner geduldig genug ist, mich hin und wieder schweigend denken zu lassen, bis ich die Konversation fortführe. Doch Zeit, das muss ich immer wieder feststellen, scheint heutzutage kaum jemand zu haben. Wenn man nicht innerhalb von Nanosekunden antwortet, hat man meistens schon verloren, ob man nun über das Wetter plaudert, angeregt diskutiert oder aber intensiv streitet. Dabei würde etwas Geduld solchen Menschen wie mir den Alltag um einiges erleichtern.

Alles andere als erleichternd ist die Eigenschaft, spontan aufploppende Fakten oder faktenartige Eindrücke unmittelbar in einem laufenden Gespräch zu äußern, ohne zu beachten, ob die Äußerung irgendwelche falsch zu verstehenden Wortkombinationen enthalten könnte. Das kann den neurotypischen Gesprächspartner im Ernstfall sehr verletzen und man findet als Autist auch selbst nicht leicht aus dieser Situation heraus. Die Autobahn im Kopf wütet ohne Pause weiter, weshalb jeder weitere Versuch, die Wogen zu glätten, mit noch mehr spontan auftauchenden Gedanken gefüllt ist, die alles nur schlimmer machen könnten. Spontanes Reden ist, nach meiner persönlichen Erfahrung, ein Todfeind vieler Autisten.

Einsam auf der Gedankenautobahn

Die Unfähigkeit, spontan mündlich formulieren zu können, gipfelt nicht selten darin, dass ich höchst unpassende Umschreibungen für etwas wähle, das ich nicht gut umschreiben kann. Leider funktioniert das schriftlich oder auch gedanklich manchmal nicht unbedingt besser. Es gibt Themengebiete oder auch Gefühle, die so komplex sind, dass mir oft nur Beschreibungen einfallen, die für andere Menschen höchst unpassend oder verwirrend klingen. Deshalb kann es passieren, dass ich eine perfekt-polierte, glänzende Münze als lecker bezeichne oder den Duft von Reibekuchen sexy finde. Zu diesem Teil meiner Wahrnehmung äußere ich mich in Kapitel 8 genauer.

Eine weitere Baustelle, die ich aufgrund des Gedankenchaos ertragen muss, besteht in meinen lückenhaften Erinnerungen an frühere Ereignisse. Da ich so viele Bilder, Filme und Dialoge in meinem Kopf habe, überlagert das Chaos im Hier und Jetzt immer mal wieder das, was schon gewesen ist. Bis vor einigen Jahren hatte ich vermutet, es wäre irgendeine besondere, temporäre Form von Gedächtnisverlust, aber durch meine Auseinandersetzung mit der Gedankenautobahn konnte ich meinen unbändigen Drang, banale und besondere Momente auf

Fotos festzuhalten, mit eben diesen Erinnerungslücken verknüpfen. Diesen Drang habe ich bereits seit der Grundschule. Damals hatte ich mir von meinem Taschengeld eine billige Wegwerfkamera gekauft, mit der ich unter anderem so etwas Absurdes wie einen städtischen Mülleimer geknipst hatte. Das Bild besitze ich nicht mehr, weil mir gesagt worden war, dass kein normaler Mensch einen Mülleimer fotografiert, aber vielleicht hätte es mir dabei geholfen, heutzutage zu verstehen, was ich an diesem einen Mülleimer so besonders gefunden hatte. Mittlerweile hat sich eine stattliche Anzahl von Fotos bei mir gesammelt, sowohl ausgedruckt oder entwickelt als auch digital auf meinem Computer. Welche Fotos ich aussortiere, entscheide inzwischen ich allein.

Dadurch, dass ich bei kleinsten Dingen, die mir irgendwie wichtig erscheinen, direkt eine Kamera zücke - ob nun meine Handykamera oder die geliehene eines anderen - habe ich schon wiederholt sehr schöne, lustige oder auch melancholische Erinnerungen langfristig erhalten können. Immer häufiger passiert es mir dabei, dass ich gerade verhindert bin oder schlicht keine funktionierende Kamera zur Hand habe, weshalb ich meine Verlobte oder eine andere Begleitung bitten muss, ein oder mehrere Fotos zu machen und dadurch meine Erinnerungen zu konservieren.

Viele dieser Fotos zeigen vielleicht für einen Unbeteiligten nur ein Glas Orangensaft oder die Nase eines Hundes, aber für mich sind es beschriftete Schubladen, die mir Zugang zu dem Kontext der jeweiligen Erinnerung geben. Ohne diese Fotos blieben viele der Schubladen unbeschriftet und deshalb auch ungeöffnet, und nur durch sehr viel Glück und einen unvermuteten, willkürlichen Auslöser kann ich sie öffnen und erkennen, was es mit dem Inhalt auf sich hat. Darum sind Fotos so unendlich wichtig für mich.

Generell fällt mir das Erinnern viel leichter, wenn ich entsprechende Bilder, Gerüche oder auch Klänge habe, die damit verbunden sind. An alles kann ich mich zwar trotzdem nicht erinnern, weil dafür die Gedankenautobahn zu laut und zu überfüllt ist, aber mein assoziatives Denken lässt mich zumindest auch dann Erinnerungen festhalten, wenn zum Beispiel die Fotos oder Bilder nicht von mir oder einer mir bekannten Person gemacht

wurden. Es kann sich um ein Foto aus dem Internet handeln, um den Ausschnitt einer Zeitschrift, um eine hingekritzelte Zeichnung oder sonst irgendetwas. Sieht ein Unbeteiligter dieses Foto, würde er andere Assoziationen haben und sich fragen, wieso ich gerade dieses Foto aufgehoben oder abgespeichert habe. Aber für mich sind es Notizzettel, Hinweise, Erinnerungen, Inspirationen und so viel mehr.
Mit Gerüchen und Klängen verhält es sich ganz genau so, wobei hier der negative Faktor ebenfalls eine Rolle spielt. Während ich vor Fotos und Bildern zumindest die Augen schließen kann, beeinflussen Klänge und Gerüche mich deutlich massiver und nachhaltiger. Ich reagiere auf visuelle Eindrücke schon intensiv, aber wenn mir ein Klang oder Geruch nicht passt, leide ich noch lange danach, erst recht, wenn damit eine bestimmte Erinnerung verbunden ist.

Wie unberechenbar das Chaos seinen Weg ans Licht der Realität suchen kann, dafür gibt es vor allem in meiner Kindheit und Jugend speziellere Beispiele. Im Religionsunterricht hatte ich ein Wort aufgeschnappt, das ich vorher noch nie gehört hatte, und als wäre bei der gedankli-

chen Verarbeitung eine Synapse durchgebrannt, sprang ich von meinem Platz auf und schrie das Wort quietschend und verzerrt in die Klasse. Nur eine meiner zahlreichen Auffälligkeiten in der Grundschule.
Ebenso im Gedächtnis geblieben ist mir die Tatsache, dass ich als Schulkind eines Tages auf eine gut befahrene Straße in der Nähe meines Zuhauses lief, mich mitten auf die Fahrbahn stellte und wohl der Ansicht war, ich müsse mit fuchtelnden Armen den Verkehr regeln. Warum ich das gemacht habe, weiss ich bis heute nicht, genauso wenig, wie ich aus dieser Situation wieder heraus gekommen bin.

Heutzutage habe ich mich mehr im Griff, aber im harmloseren Rahmen gibt es auch jetzt noch solche Übersprungshandlungen, wie zum Beispiel, als ich zwischen zwei Arbeitsschichten aus Versehen in eine Demonstration mit mir zusagenden Inhalten geriet und kurzerhand mitlief, lautstark in die Rufe und Gesänge mit einstimmte, da mir die Gesinnung der Demonstranten absolut entsprach und entspricht, und wenige Stunden später tauchte ich auf der Arbeit auf, als wäre nichts gewesen, als wäre ich nicht gute zwei Stunden laut anklagend durch die Innenstadt gelaufen.

Denkt man an den Klischee-Autisten, gäbe es wohl kaum etwas Widersprüchlicheres als sich in einer riesengroßen, dicht aneinander gedrängten Masse von Menschen aufzuhalten, die noch dazu mit lauten Stimmen und lauter Musik durch die Straßen zieht. Aber wie wir bereits gelernt haben, gibt es den Klischee-Autisten eben nicht oder wenn es ihn gibt, dann nicht als repräsentatives Aushängeschild für alle anderen. Um ehrlich zu sein, in meinem Fall war ich ganz froh, als ich der Menschenmenge wieder entkommen bin, aber das bunte Treiben überlagerte mit Ansichten, die ich auch für mich unterschreiben kann, mein eigenes lautes, grelles Treiben in mir, und deshalb empfand ich es zeitweise als ganz angenehm.

Übrigens verhält es sich ähnlich mit mir in einer Einrichtung, die Musik spielt, wo man was trinken kann und zur Musik tanzt. Disco wäre ein zu antiquierter Begriff, Kneipe zu verraucht und zu saufbezogen, aber geben Sie mir ein Lokal, in dem ein DJ gute Mucke auflegt, die mir gefällt und wo man neben Cocktails auch Wasser und Met trinken kann, und wo es eine Tanzfläche gibt, und

ich bin happy. Für eine gewisse Zeit. Eine Mischung aus Spaß haben und Gedankenchaos überlagern.
Überhaupt ist mein Verlangen nach Beständigkeit, Einsamkeit und Ruhe im unbeständigen Wechsel mit dem Wunsch nach Veränderung, Geselligkeit und Action. Dem kann ich nicht immer so nachgeben, wie es angemessen wäre, was erneut für Unstimmigkeiten in mir selbst sorgt. Ich muss ausprobieren, merke irgendwann an einem bestimmten Punkt meine innere Grenze und muss dann idealerweise unmittelbar aufhören. Aber manche Dinge lassen sich nicht so einfach abbrechen, erst recht nicht, wenn man Autist ist und grundsätzlich die Tendenz hat, sich sozial unangemessen zu verhalten. Auch in solchen Situationen kann es helfen, wenn mein Gegenüber Bescheid weiss. Was bleibt, ist das Unbehagen, eine schöne Aktivität abbrechen zu müssen. Weder will man den Begleiter alleine zurück lassen (damit er die Aktivität wenigstens selbst weiterführen könnte) noch will man die bestenfalls entspannte Stimmung dadurch zerstören, dass der Begleiter ab diesem Moment über den Autismus nachdenkt (und man als der, der abbrechen muss, nur noch bemitleidet wird).

Aber wenn wir ehrlich sind, bleibt nichts Besseres zu tun, als offen zu sein. Denn die Alternative wäre, mich in etwas hinein zu zwingen, das mir keinen Spaß mehr macht. Das habe ich schon oft getan und es tut mir alles andere als gut. Umso mehr freue ich mich, wenn ich lange Spaß an einer Tätigkeit finden kann oder wenn die Schwelle zwischen Spaß und Unbehaglichkeit noch durchlässig ist und ich es schaffe, meine innere Hürde zu überwinden. Das klappt natürlich nicht jedes Mal, aber es zeigt mir, dass ich ein eigenständiges Wesen bin, das sich auch im positiven Sinn zu etwas Gutem zwingen kann, wenn die Situation erfordert. Dennoch bleibt der Grundzustand, dass ich etwas, das unbehaglich wird, am besten sofort abbreche. Ein neurotypischer Mensch würde ansonsten vor Wut platzen. Bei uns Autisten passiert etwas anderes.

Kapitel 5 - Emotionen

Autisten erhalten hin und wieder den Stempel, sie wären gefühlskalt, könnten weder Freude noch Trauer spüren und selbst Wut würden sie nicht kennen. Gewiss mag es auch solche Autisten geben, aber im Allgemeinen wird wohl eher die Art, wie wir mit Emotionen umgehen, einfach missverstanden, weil generell die Kommunikation zwischen Neurotypischen (nichtautistischen Menschen) und Autisten ein Schlachtfeld der Missverständnisse sein kann.

In meiner Wahrnehmung ist Emotion zunächst nicht mehr als ein Wort, mit dem Menschen eine unlogische, weil nicht unmittelbar nachvollziehbare Reaktion auf etwas beschreiben. Analytisch gesehen ist es spannend, wieso der menschliche Körper eine salzige Flüssigkeit produziert, sobald eine bestimmte Emotion aktiv wird. Man weint. Aber es wird schnell kompliziert. Dieser Vorgang ist nicht nur an eine einzige Emotion gebunden, sondern an mehrere.

Weint man aus Trauer? Aus Rührung? Aus Freude? Aus Schmerz? Gibt es andere Gründe?
Ein Wissenschaftler könnte vermutlich chemische Reaktionen aufzählen und den ganzen Vorgang wahnsinnig kompliziert erklären. Aber ich bin kein Wissenschaftler. Und dennoch ist es für mich kompliziert. Ich verstehe nicht, was ein Wort namens Trauer mit der Produktion salziger Flüssigkeit zu tun hat. Und weil auch ich selbst schon getrauert habe, ist das einer von vielen Zuständen in mir, die ich nicht verstehe.
Ja, ich kann Trauer empfinden. Ebenso Freude, Leid, Mitleid, Spannung, Überraschung, Wut, Angst und noch viel, viel mehr. Doch wie ist das möglich? Ich weiss es nicht. Es ist vor allem eines: Menschlich.
Doch diverse Zeitgenossen degradieren jeden, der anders ist, zu etwas Nichtmenschlichem. Autisten, Menschen mit Behinderungen, demente Senioren, alle werden nur allzu gerne und allzu leicht davon entbunden, normale Rechte zu haben, weil sie so anders und so auffällig sind. Und doch gibt es Hinweise darauf, dass wir alle Menschen sind, unabhängig von unserem Wesen, unserer Hautfarbe, unserer Religion, unserer sexuellen Neigung.

Und ob Sie es glauben oder nicht: Ein Autist, der sein Leben lang vielleicht keine einzige Emotion zeigen kann, hat doch auch Wünsche, Träume, Vorstellungen von dem, was er möchte, und Vorstellungen von dem, was er nicht möchte. Nur liegt es im Wesen eines Autisten, das nicht immer auf die Art auszudrücken, wie die Gesellschaft es gewohnt ist.

Ständig wird in der Wahrnehmung der Nichtautisten interpretiert, diagnostiziert, analysiert, unterstellt, angenommen, verglichen. Aber dadurch kann der Blick für das Detail verloren gehen. In "Rain Man" macht der autistische Hauptcharakter Raymond im Verlauf seines Umgangs mit seinem Bruder Charlie einige Fortschritte, doch am Ende des Films wird er von Fachleuten nur nach ein paar Augenblicken falsch beurteilt, in denen sie ihn sehen und erleben. Aber ein Autist kann die unglaublichsten Fortschritte machen und trotzdem im nächsten Moment so getriggert werden, dass er für kurze Zeit wieder derselbe wie vor den Fortschritten ist. Denn wir lernen zwar dazu, aber da wir wie Maschinen sind, benötigt es manchmal nur den Auslöser durch ein altes Muster, damit wir uns so verhalten wie früher. Es ist ein sehr simples Ursache-Wirkung-Prinzip, das wir auch nicht einfach abschalten können. Aber je mehr Fortschritte wir machen und je mehr wir dazu lernen, desto eher kann es passieren, dass die alten, fehlerhaften Verhaltensmuster langsam überdeckt werden.

Woher weiss ich denn, dass ich Emotionen habe? Indem ich beobachte, achtsam schaue, in mich hinein höre. Und ja, auch vergleiche. Ein Teil meiner Reaktionen ist erlernt, kopiert von den Reaktionen anderer. Wann immer die Reaktion eines anderen in Bezug auf eine Situation harmonisch wirkt, adaptiere ich es vielleicht und reagiere ebenso. Weil es mir logisch erscheint. Der Begriff der Harmonie ist für mich am ehesten mit meinem Verständnis von Logik zu vergleichen. Wenn etwas im Einklang ist, kann ich damit leben, obwohl ich die Zusammenhänge nicht unbedingt verstehe.

Im Einklang bin ich normalerweise auch dann, wenn ich reise und andere Orte sehe. Ob Köln, Paris, Amsterdam, Berlin oder Wien, ob mit dem Auto, dem Zug, dem Schiff oder zu Fuß, ich bin unglaublich gern unterwegs und entdecke Orte, die ich noch nicht kenne, oder besuche Orte, die ich kenne und die ich mag. Besonders Zugreisen haben es mir sehr angetan. Man stecke mich in einen Zug und schicke mich in 80 Tagen um die Welt – ich würde nicht Nein sagen. Mehr Einklang als im Umgang mit anderen Kulturen kann man kaum so intensiv empfinden wie als Autist. Zumindest solche, die gerne reisen. Ich fühle mich sogar dann wohl, wenn ich im Bus, Zug oder sonstwo Menschen in anderen Sprachen miteinander reden höre. Bitte nicht falsch verstehen, aber ich bin mit deutscher Sprache aufgewachsen, habe sie gehört und gelesen bis zum Ende aller Tage. Das kenne ich schon. Ich bin durstig und hungrig, lerne gerne neue Kulturen kennen, höre gerne Sprachen zu, die ich nicht so gut kenne wie meine eigene. Vielleicht entspricht es auch mehr meiner Flucht vor dem bekannten Chaos. Die deutsche Sprache und Kultur bilden das altbekannte Wirrwarr, das ich seit meiner Geburt gewohnt bin. Neue Sprachen und Kulturen sind darin wie neue, noch nie gedachte Gedanken in meinem gewaltigen Gedankenchaos. Erfrischend und aufregend.

Wenn ich ein Tierbaby sehe und sage "oooh, süß", dann ist das meine ehrliche, empfundene Reaktion darauf, aber gleichzeitig ist es eine gelernte Reaktion. Wenn nun jemand ein Tierbaby sieht und sagt "widerlich, ich hasse Tierkinder", dann verstehe ich zwar den Umstand, dass Menschen unterschiedliche Meinungen haben, aber nicht, wie zwei Menschen auf die selbe Situation unterschiedlich emotional reagieren. Denn eine Emotion ist doch keine Meinung, sondern etwas wie Instinkt. Man steuert Emotionen nicht, sie kommen einfach. So habe ich es gelernt. Wenn ich einen traurigen Film sehe, den ich nur deshalb traurig finde, weil er etwas mit mir macht, das sich wie leichter körperlicher Schmerz anfühlt, dann erwarte ich in meiner Logik, dass auch jeder andere Mensch diesen Film traurig findet. Jede abweichende Reaktion verwirrt mich maßlos. Und mir zu sagen "dann schraube deine Erwartungen herunter", hilft nicht, da meine Erwartungen eng mit meiner Wahrnehmung und meiner Logik verknüpft ist.

Ebenso verhält es sich mit Freude aufgrund einer schönen Überraschung. Diese wird in meiner bisherigen Wahrnehmung stets durch leuchtende Augen, einen lächelnden offenen Mund, entsprechend positiv klingende Glücksäußerungen und eine kurzfristig nicht enden wollende Dankbarkeit ausgedrückt. Doch die Realität sieht anders aus. Sie vermögen sich vielleicht nicht vorzustellen, wie enttäuscht man sein kann, wenn man jemandem eine Freude machen möchte, diese gut vorbereitet, plant, recherchiert und den Moment der Überraschung selbst kaum abwarten kann, weil man den anderen zu kennen glaubt und genau weiss, dass die Überraschung glücken wird, nur um dann ein nichtssagendes Gesicht und ein harmloses Danke zu ernten. Vor allem, wenn man Autist ist und davon ausgeht, dass viel Vorbereitung und Hingabe automatisch zu einem positiven Ergebnis führen. Aber auch ich musste über Jahre und mit vielen scheinbaren Rückschlägen lernen, dass Freude nicht nur auf eine bestimmte Art und Weise ausgedrückt wird. Diese weitere, für mich völlig unverständliche Problematik muss ich sehr langsam und mit vielen weiteren möglichen Rückschlägen im Hinterkopf zu akzeptieren und anzuwenden lernen.

Ein weiteres Dilemma im Zusammenhang mit Emotionen entsteht, weil wir gegenüber starken Gefühlsregungen unserer Mitmenschen sehr empfindsam sein können. So kann es vorkommen, dass ich eine unmittelbar erlebte

Emotion direkt kopiere, mit dem wesentlichen Unterschied, dass ich kein Maß kenne und deshalb die kopierte Emotion bei mir zu extrem wird. Zum Beispiel kann mein Gegenüber gerade wütend werden und wenn ich ihm freundlich zugeneigt bin, überträgt sich seine Wut auf mich, worauf ich diese Wut aber ohne Punkt und Komma weiterführe und um ein Vielfaches wütender werde als er. Ich bin in diesem Augenblick dann in einer unkontrollierten Emotion, die ich nicht lenken kann, da ich nie mit Emotionen umzugehen gelernt habe.

Auch sehr ungewöhnlich mag sein, dass ich das Verhalten einer ehemaligen guten Weggefährtin übernommen habe. Sie war etwas spirituell angehaucht und etwas abergläubisch, glaube ich. Hat ein Blatt sich im Wind bewegt, fasste sie es kurz sanft an wie beim Händeschütteln. Sie erklärte mir, dass das Blatt gewunken hätte. Und diese Freundin ging nicht unter Baugerüsten hindurch, weil sie fest glaubte, das würde Unglück bringen. Ich habe seit vielen Jahren keinen Kontakt mehr zu ihr, aber ihren Aberglauben führe ich an ihrer Stelle fort. Vor jedem Baugerüst, unter dem ich plane, hindurch zu gehen, rufe ich mir ihr Gesicht vor Augen und flüstere ihren vollen

Namen wie ein Mantra, damit auch mir kein Unglück geschieht, wenn ich durchgehe. Wo es möglich ist, umgehe ich die Baugerüste auch. Warum ich dieses Verhalten kopiert und verinnerlicht habe, weiss ich nicht. Vermutlich, weil die Person mir seelisch sehr nahe war.

Übrigens ist es vielleicht spannend zu wissen, dass mir beim Erinnern an frühere Emotionen alte Fotos und Bilder helfen können. Nicht alle Emotionen, egal wie stark oder einprägsam, bleiben mir im Gedächtnis haften, was bei sehr schönen Erinnerungen natürlich schade ist. Wenn ich aber irgendeine visuelle Verbindung in die betreffende Zeit oder sogar in den betreffenden Moment habe, kann ich mit etwas Glück die Brücke zu den alten Emotionen aufbauen, was mir gleichzeitig gut tut und in kleinem Rahmen schadet, da ich diesen Moment nicht noch einmal live durchleben kann. Dieses Konzept des Vermissens werde ich nie ganz verstehen und erst recht nicht gut finden. Eine furchtbare Sache. Vergangenes sollte vergangen bleiben, aber stattdessen fühlen sich manche Emotionen ganz ohne ihren Kontext so gut an, dass man sie am liebsten immer bei sich tragen möchte. Mit einem Gedankenchaos wie meinem ist das fast unmöglich, aber dafür habe ich eben diverse Fotos und Bilder, die mir einen kurzen Zugang in die Vergangenheit erlauben und mir somit etwas Ruhe vor den dunkleren Zeiten verschaffen, durch die ich mich kämpfen muss.

Heimat und Freunde und Vergänglichkeit

Im Angesicht der Unklarheiten

Kapitel 6 - Meltdown

Bereits in Kapitel 2 sprach ich das Thema Eskalationen an und dass diese schwierig zu handhaben sind.
Befasst man sich ausführlicher mit dem Thema "Autismus und Eskalation", wird man recht bald auf einen englischen Begriff stoßen, etwa Meltdown, Shutdown oder auch Overload. Vielleicht liest man stattdessen das Wort Gefühlsüberlastung, aber keiner dieser Begriffe und vermutlich auch kein anderer trifft zu 100% zu, doch es hilft, zumindest ein Wort dafür zu haben. Einen so komplizierten Vorgang wie einen Meltdown kann man einem Außenstehenden einfach nicht mit einem einzigen Begriff umschreiben, weshalb ich dem Thema ein komplettes Kapitel widme.

Bleiben wir für dieses Buch bei der Bezeichnung Meltdown, denn vom Wortsinn passt es bei mir am ehesten. Der Begriff findet sich im Atomreaktor, wenn die Brennstäbe überhitzen und schmelzen (Meltdown ist das englische Wort für Kernschmelze). Dieser atomare Un-

fall ist gefürchtet, da im schlimmsten Fall radioaktive Strahlung austreten kann, was eine Gefahr für jedes Lebewesen darstellt.
Ganz so dramatisch ist es bei mir nicht, aber doch so gewaltig, dass ich gerne alternativ von einem Vulkanausbruch spreche.

Meltdowns sind relativ typisch für viele Autisten, sind unterschiedlich stark ausgeprägt, während manche noch nie einen hatten. Manche Autisten nennen es auch nicht Meltdown, da es nur ein möglicher Name dafür ist.

Ein Meltdown ist ein emotionaler Überlastungsausbruch. Die Ursache dafür sind zu viele Eindrücke in zu kurzer Zeit, gepaart mit der fehlenden Möglichkeit, sich davon erholen zu können. Da mein Kopf, wie Sie ja nun wissen, ständig im Chaos ist, und ich Informationen und Eindrücke immer nur in einem kleinen Umfang erfassen und verarbeiten kann, ist alles, was darüber hinaus geht, eine kleine Überforderung für mich. Wenn man mir keine Zeit lässt - manchmal kann auch niemand etwas dafür, weil dann ungeplante Dinge passieren - wird der Schwall aus Eindrücken immer größer und ich komme immer langsamer hinterher. Irgendwann überhitzt mein Wahrnehmungsfilter sozusagen, und ich habe einen Kurzschluss. Wenn ich an einem solchen Tag zwischendurch zur Ruhe kommen kann, ist das Risiko nicht unmittelbar gelöscht, nur auf Sparflamme. Je mehr Eindrücke, Gespräche, Probleme, Gedanken, Gerüche, Geräusche sich häufen, desto wahrscheinlicher und unvermeidbarer wird das Risiko eines Meltdowns. Aus einem zu starken Krisenmoment muss ich deshalb direkt und unverzüglich heraus, denn sonst ist das Risiko zu hoch. Befinde ich mich auf einer Feier, muss ich das Gelände verlassen. Bin ich in einem Gespräch, muss die Unterhaltung abgebrochen werden und ich muss aus dem Raum gehen. Es kommt immer auf die aktuelle Situation an, wie ich den Krisenmoment verlassen muss. Wie lange ich mich dann isolieren muss, kann ich nie vorher sagen. Es lässt sich auch nicht jeder Meltdown vermeiden, da es natürlich Tage gibt, in denen sich viele Eindrücke einfach schnell häufen und man aufgrund der Umstände nicht unbedingt die Gelegenheit findet, sich zu isolieren.

Ist der Meltdown bereits im Kommen, gibt es zwei Typen, wie er sich zeigen kann, und auch hier kann nicht vorhergesagt werden, welcher Typ es sein wird. Typ 1 ist der Aggressionsausbruch, Typ 2 ist der Heulkrampf. In meinem Kopf heißen sie Zünder und Träne.

Zünder kommt bei mir deutlich häufiger vor als Träne, aber beide strengen mich gleichermaßen an. Wenn Zünder kommt, verletze ich niemanden, abgesehen vielleicht von Schlägen auf mein Bein oder meine Stirn, aber Gewalt gegen Möbel oder andere Gegenstände ist schon dabei gewesen. Meist werde ich nur laut, schreie meine Sätze unkontrolliert heraus. Die Lautstärke ändert aber nichts daran, dass ich gerade eine Konversation führe, bei der ich natürlich weiterhin ernst genommen werden möchte. Die Natur des Herumschreiens bringt es aber leider mit sich, dass mir nur noch ungern zugehört wird und auch Respekt nicht wirklich zu den mir entgegen gebrachten Gefühlen gehört. Dadurch fühle ich mich herabgesetzt, was meinen Ausbruch aber nur noch verstärkt. Trotz der laufenden, eskalierenden Diskussion müsste ich im Idealfall zu spüren bekommen, dass ich als Mensch etwas wert bin. Denn für mich hat sich nur die

Lautstärke geändert und der Druck, der auf mir lastet, aber im Prinzip bleibe ich noch immer in einer niveauvollen, angemessenen Unterhaltung stecken und erwarte, dass man auch genauso mit mir spricht. Während ich mich in einem Meltdown befinde, egal ob Zünder oder Träne, hört das Chaos in meinem Kopf nicht auf, d.h. ich denke und reagiere trotzdem weiter wie gewohnt und jede Abweichung verschlimmert auch weiterhin meinen Zustand.

Träne, also Typ 2, passiert mir deutlich seltener. Vor allem bis in meine Volljährigkeit hinein und noch danach war ich der festen Überzeugung, ich könne nicht weinen, obwohl ich in meiner Kindheit und Jugend sehr viel Grund dazu hatte. Hier und jetzt weiss ich, dass ich immer schon geweint habe, aber aus irgendeinem Grund hatte ich das vergessen oder verdrängt. Wenn also Typ 2 passiert, dann ist es, als ob mein Gesicht verkrampft, mein Herz erdrückt wird und als ob jede Träne, die ich weine, unglaublich schmerzhaft ist. Ich brauche dann, ähnlich wie es bei Typ 1 vorkommen kann, dringend Beruhigung, weil ich sonst eventuell hyperventiliere und dadurch letztlich in Lebensgefahr komme, oder mich zumindest so fühle, als würde mein Herz jeden Moment zu schlagen aufhören und als würde ich ersticken.

Nach dem großen Ausbruch von Zünder oder Träne ist der restliche Teil des Meltdowns meistens emotionslos und leer. Es scheint so, als hätte ich für den Moment alle Emotionskraft aufgebraucht und müsste erstmal wieder auftanken. In meinem Fall hilft mir dann Berührung, ein ruhiges Streicheln im Nacken oder eine lange Umarmung. Die Bewältigung dieser Leere wird mir dadurch erleichtert, fast so, als würde mein Akku durch die Zuwendung eines anderen Menschen leichter wieder aufgefüllt.
Wenn man sich traut, kann diese Zuwendung durch liebevolle Berührung auch bereits im akuten Meltdown helfen, was schon Erfolg gezeigt hat. Leider gibt es viele Autisten, die mit Berührung nicht viel oder gar nichts anfangen können. Aber auch bei denen wird es vielleicht etwas geben, was sie als äußerst angenehm empfinden und was ihnen trotz Ausnahmesituation zeigt "ich respektiere dich trotzdem und liebe dich nicht weniger wegen deines aktuellen Zustands".

Viele Unwissende vergleichen diese Art des Umgangs nur zu gerne mit folgender Geschichte:
An der Kasse quängelt das Kind, es möchte Schokolade haben. Die Mutter sagt nein. Das Kind fragt weiter. Die Mutter verneint weiter. Das Kind wirft sich auf den Boden und schreit den Supermarkt zusammen. Die Mutter kauft die Schokolade. Das Kind gibt Ruhe.

Dieses Beispiel klingt so, als müsse es doch exakt auf den zuvor beschriebenen Umgang mit einem Autisten im Meltdown passen: Der Autist ist überfordert, er will seinen gewohnten Ablauf. Das passiert nicht. Der Autist bekommt einen Meltdown. Man beruhigt ihn und stellt den gewohnten Ablauf wieder her. Der Autist gibt Ruhe.

Leider ist es nicht ganz so einfach. Das Kind in der Geschichte kennt kein Maß und lässt ein Nein der Mutter nicht gelten. Man müsste es dazu erziehen, dass es verzichten kann und auch ein Nein akzeptiert. Der Autist hingegen kann nichts dafür, dass er stärker wahrnimmt und leichter überfordert ist. Je nach Ausprägung des Autismus will man sich ja auch aktiv am Leben beteiligen, ist bereit für Kompromisse, bereit zu lernen, bereit zu verzichten, bereit für Alternativen. Bei einigen Autisten ist das nicht möglich, aber bei einigen wie mir schon, weshalb sich manche Risikofaktoren regulieren lassen. Ich habe mir zum Beispiel die Mühe gemacht, zu formulieren, welche Probleme das Risiko für einen Meltdown erhöhen. Wenn ich (und im Bestfall mein Umfeld) achtsam mit diesen Themen umgehe, kann ich möglichst meltdownfrei leben.

Das ist auch gesundheitlich von großem Interesse für mich. Böse Zungen würden behaupten, so ein tobsuchtartiger Meltdown sei doch nur Theater. Aber seien Sie versichert, er ist es nicht. Zum einen ist das wahnsinnig anstrengend zu ertragen und zum anderen kann diese Naturgewalt, die da immer aus einem heraus bricht, nicht nur zu Hyperventilation führen, sondern auch nachhaltig das Herz schädigen, so wie ungefähr alle Formen von erhöhtem Stress. So etwas tut man sich nicht freiwillig an. Das Leben außerhalb eines Meltdowns ist kompliziert genug, schon allein wegen der anderen Wahrnehmung.

Kunterbuntes Treiben und ich im Auge des Sturms

Auch als Koch immer außerhalb der Norm

Kapitel 7 – Die Säulen

Ich vermute, jeder Autist würde sein Wahrnehmungsleben mit anderen Worten beschreiben. Bei mir sieht es folgendermaßen aus:

Mein ganzes Leben ist wie eine große Platte, egal aus welchem Material, die auf vier gleich hohen Säulen liegt. Diese Säulen bilden das Fundament für mein Leben. Würde mir eine dieser Säulen genommen werden, ist nicht abzusehen, wie massiv sich das auf meine Verfassung auswirkt.
Was aber von Zeit zu Zeit passiert, ist die Verkürzung einer Säule. Dadurch gerät die Platte, die mein Leben ist, bereits ins Wanken, d.h. das Risiko für einen Meltdown ist potenziell gesteigert. Wird die entsprechende Säule wieder auf die Höhe der anderen gebracht, ist alles im Gleichgewicht und damit auch ich. Das klingt alles noch etwas seltsam, nicht? Aber wenn Sie das Prinzip verstanden haben, werde ich jetzt deutlicher.

Diese vier Säulen, auf denen meine Lebensplatte liegt, tragen folgende Titel: Musik, Natur, Visuelle Eindrücke, Bücher.

Diese vier Themengebiete haben über all die Jahre so viel an Bedeutung für mich gewonnen, dass sie feste Bestandteile meines Alltags sind. Sie regulieren mich, beruhigen mich, entspannen mich, sind weit mehr als Hobbies oder Freizeitinteressen. Sie sind meine einzigen vier Konstanten, die mich durch alle Höhen und Tiefen meines Lebens begleitet haben. Und wann immer ich weniger Zugang zu einem dieser Themengebiete hatte (wenn also eine Säule kleiner wurde als die anderen), durchlebte ich eine stressigere und unausgeglichenere Phase. Dass ich mir einfach wieder den fehlenden Zugang beschaffen muss, konnte ich früher natürlich nicht wissen. Auch in diesem Fall hilft die Diagnose Autismus ordentlich weiter, da ich motiviert wurde, weiter in mich hinein zu sehen. Dadurch konnte ich überhaupt erst erkennen, dass es diese vier Konstanten gibt. Irgendwie habe ich es immer geahnt, aber nie gewusst.

Mitten in der Aufführung, voll im Element

Der Musik kulinarisch Danke gesagt

New music, new hair

Les Misérables im kleinen Haus

Die Säule Musik wird vor allem dann kleiner, Sie erraten es sicher, wenn ich keinen freien Zugang zu Musik habe. Und das meint leider so ziemlich jeden Zugang. Je nach Lebensabschnitt fehlte mir vielleicht mal eine kleine Auswahl an CDs oder ein Internetzugang oder tatsächlich so etwas Banales wie ein Radio. Die Musik in meinem Kopf sorgt dafür, dass die Säule Musik niemals völlig herunter geht, doch auf lange Sicht gesehen ist Kopfmusik nicht eben abwechslungsreich. Ein scheußliches Kuddelmuddel. Da hat man eine überfüllte Gedankenautobahn, muss darauf Acht geben, nicht zu viele Eindrücke am Tag zu sammeln, aber dann sehnt man sich trotzdem irgendwie nach neuen Eindrücken.

Es geht hier eben um meine Säulen, die mir gut tun. Die meisten Eindrücke, die der Alltag für mich bereit hält, tun mir nicht gut. Sie stressen mich in einem unerträglichen Umfang, wie ich bereits in meinem Beispiel mit dem überfüllten Bus zu erklären versuchte.

Was Musik explizit für mich bedeutet, kann ich Ihnen unmöglich so beschreiben, dass Sie eine detailreiche Vorstellung davon haben. Deshalb muss abermals ein bildlicher Vergleich ausreichen.

Musik ist für mich wie ein vor Nostalgie und positiver Melancholie überlaufendes Fotoalbum. Entweder ist es neue Musik, die noch keine Erinnerungen tragen kann. Oder, und dies betrifft wohl die meisten Songs und Musikstücke, die ersten Klänge versetzen mich automatisch in die Zeit / den Moment, als ich das Stück entweder zum ersten Mal bewusst oder zum ersten Mal überhaupt gehört habe. Die Gefühle, die ich dabei empfinde, sind erschreckend intensiv und ich kann sie nicht aufhalten. Es kann passieren, dass ich dann seelisch und gedanklich wieder exakt in dieser Zeit bin, ganz so, als hätte mich die Musik traumatisiert. Und zwar jedes einzelne Mal. Aber so dramatisch es sich lesen mag, so schön ist es auch. Manche Musik hingegen versucht quasi eine Tür ins Gestern zu öffnen, aber schafft es nicht. Dann brauche ich manchmal Sekunden, manchmal Minuten, um wieder zu mir zu kommen, weil ich entweder erfolgreich oder erfolglos nach der Erinnerung zu dem Lied suche. Kürzlich habe ich meine Teilnahme an einem Chor zurück gezogen. Das soziale Miteinander, die Herausforderung, aber auch einfach das gemeinsame Singen hatten mich gelockt, doch bei der ersten Probe gab es nicht nur

Gesangsübungen, sondern danach auch noch freies Singen mit Songs, die einem gerade einfielen. Und dieses freie Singen zeigte mir, dass ich Musik nicht als technische, verkopfte und geregelte Sache empfinden will. Musik ist einfach zu wichtig für mich. Während meiner Zeit beim Musical war das noch irgendwie anders, aber das ist lange her und ich habe mich seitdem weiterentwickelt, bin älter geworden und wollte diverse Prioritäten anders setzen. Musik war, ist und bleibt cin großes Stück meiner Persönlichkeit und bleibt auf gewisse Weise immer ein Sorgenkind, da ich nie wissen kann, wann es mal wieder zu wenig sein wird.

Musik kann aber auch einen gänzlich anderen Effekt auf mich haben, nämlich dann, wenn ein einzelnes Musikstück eine Reihe von Assoziationen in mir weckt, die alle demselben Thema entsprechen. Ganz besonders ausgeprägt ist das, bitte erschrecken Sie nicht, beim Thema Suizid, also Selbstmord. Wie schon öfter erwähnt, besteht meine Gedankenautobahn aus allen, wirklich allen nur möglichen, denkbaren und undenkbaren Gedanken. Meine Fantasie ist so unermesslich, dass ich alle Bücher, die es aktuell auf der Welt gibt, selbst hätrte füllen können, und genau so viele noch hinzufügen könnte. Und selbst danach bliebe noch immer genug an Stoff für weitere Bücher. Diese Fülle bedeutet aber eben auch, dass einzelne Themengebiete für sich genommen sehr massiv sein können.

Nun gibt es das Phänomen, das ich bisher eher selten in meinem Leben erfahren habe und mittlerweile besser damit umgehen kann, dass im falschen Moment ein bestimmtes Lied genau das falsche Lied ist, weil es eine Welle an dunklen, suizidalen Gedanken auf mich einströmen lässt, gegen die ich mich nicht wehren kann, je länger das Lied läuft. Das ist nicht immer das selbe Lied und ich weiss auch nie vorher, dass dieses Lied diesen Effekt auf mich haben wird. Im ersten, bewussten Fall, als es passierte, handelte es sich um Total Eclipse of the Heart von Bonnie Tyler. Ich war minderjährig, ich war alleine zuhause, ich hörte das Lied, und ich konnte nicht mehr aufhören, es laufen zu lassen. Es lief und lief und in mir türmte sich eine gewaltige Front auf, die aus Hoffnungslosigkeit, Trauer, Mutlosigkeit, Schwärze und Leere bestand. Ich selbst wurde durch das Hören dieses Liedes zur Hoffnungslosigkeit. Und aus der Flut an dunklen

Gedanken kristallisierte sich eine einzige logische Konsequenz heraus: Ich muss aus dem Fenster springen. Es war für mich ein so logischer Gedanke, wie wenn Sie aus der Ursache heraus, Hunger zu empfinden, sich etwas zu essen besorgen. Eine harmlose, logische Schlussfolgerung, ganz ohne Wertung oder Hinterfragung, ob sie richtig oder falsch ist. Sie ist einfach logisch. Und für mich war in diesem Moment mein Selbstmord einfach logisch. Ich habe im Laufe meines Lebens aus verschiedensten Gründen an Selbstmord gedacht und auch wiederholt versucht, mich umzubringen, und zum Glück kam immer etwas dazwischen. Aber nur selten passiert mir diese Situation aufgrund der Tatsache, dass ich ein bestimmtes Lied höre.

Bevor ich damals aus dem Fenster springen konnte, war es für mich genauso logisch, den einzigen Menschen anzurufen, der mir tatsächlich etwas bedeutete, weil ich mich von ihm verabschieden wollte. So natürlich, als wollte ich in den Urlaub fliegen. Er hatte mich am Telefon davor bewahrt, meinen Plan in die Tat umzusetzen, und das war gut. Viele Jahre später, ich war Student, hörte ich einer Mitstudentin zu, die am Klavier eine Melodie spielte, den Titel weiss ich gerade nicht mehr. Derselbe Vorgang setzte ein, ich verließ den Raum, das Gebäude und hatte den festen Vorsatz, nach Hause zu gehen und mir mit einem Messer das Leben zu nehmen. Einfach so. Weil ich ein Lied gehört hatte. Die betreffende Frau lief mir durch die Stadt hinterher, zog einen Freund hinzu, und gemeinsam sorgten sie dafür, dass mich ein Rettungswagen ins Klinikum brachte, wo ich aufgrund der Ratlosigkeit der Ärzte in den geschlossenen Bereich der psychiatrischen Abteilung gebracht wurde, um mich vor mir selbst zu schützen. Nach einigen Tagen wurde ich auf den offenen Bereich verlegt und konnte nach insgesamt 17 Tagen das Klinikum wieder verlassen.

Heutzutage kann ich reflektieren, dass ich mich selbst schützen muss, indem ein Lied, das diese unheilschwangere Dunkelheit laut werden lässt, sofort abgebrochen werden muss. Warum das passiert, weiss ich nicht. Ich bin heutzutage nicht mehr selbstmordgefährdet. Es gibt vieles, mit dem ich unzufrieden bin, aber ich habe nicht mein Leben lang gekämpft, um aufzugeben. Ich weiss, dass ich mit positivem Denken sehr vieles, wenn nicht sogar alles schaffen kann. Aber dieses Phänomen, dass bestimmte Musik zum falschen Zeitpunkt die falsche Musik sein kann, macht diese Säule nicht unbedingt einfach.

Die Säule Natur ist deutlich leichter zu überwachen, wenn man empfänglich dafür ist, was Mutter Natur den lieben langen Tag tut. In einer grauen Großstadt ohne Parks und Tiere würde ich eingehen. So etwas habe ich bereits hinter mir, und es hat mir enorm geschadet. Wohne ich in der Nähe von Feldern, Wäldern oder dergleichen, wo ich möglichst ohne den unmittelbaren Gestank von Abgasen in der Luft spazieren gehen kann, ist mir schon geholfen. Wenn ich ein Fenster habe, durch das Sonne und Wind herein kommen können, kann ich auch dann von der Natur zehren, wenn ich krank das Bett hüte. Landschaften, hügelige Panoramen und Alleen, Vogelstimmen am Morgen und Grillenzirpen am Abend, die ich aufgrund meines gesteigerten Gehörs leichter wahrnehme als manch anderer, runden den Luxus ab, den ich für die Säule Natur benötige. Beinahe unnötig zu erwähnen, dass mir beim unverhofften Sehen von Kühen auf einer Weide, Reitern auf ihren Pferden oder einer Katze in einer Seitengasse das Herz aufgeht.

Die Säule Visuelle Eindrücke ist etwas kompliziert. Wieso ich diesen Begriff dafür gewählt habe, kann ich nur über Umwege erklären. Er fühlt sich stimmig an für das, was dazu gehört. Denn diese Säule ist die einzige mit Unterkategorien: Filme, Serien, Videospiele.
Alle Säulen begleiten mich seit meiner frühen Kindheit, aber Visuelle Eindrücke auf ganz spezielle Weise.
Die Säule Natur ist die einzige real greifbare, erlebbare.
Die Säule Musik ist zwar real, aber nicht greifbar. Und die Säule Bücher, zu der ich noch komme, erschafft nur in meinem Kopf eine Realität.
Doch die Säule Visuelle Eindrücke ist so speziell, weil sie mir Bruchstücke von Fantasie und Realität zeigen kann, alles davon erlebbar machen kann. Ob ich nun einen Fantasyfilm sehe, ein Spiel über den Zweiten Weltkrieg oder über eine Gruppe Superhelden spiele oder eine Dokuserie über die Wunder Afrikas oder über eine fiktive Mittelalterfamilie sehe, alles davon bringt mir Welten nä-

her, wie es Natur, Bücher und Musik niemals könnten. Der Vorteil dieser Säule liegt natürlich völlig offensichtlich in der Vielfalt. Habe ich gerade keinen Zugang zu Serien, kann ich immer noch Filme schauen oder Spiele spielen. Ist mir gerade die Möglichkeit von Spielen verwehrt, kann ich noch immer auf Filme und Serien zurückgreifen. Das Gute ist auch, dass es schon ausreichen kann, wenn ich mit jemand anderem über eines der genannten Themen spreche. Das ist zwar nicht immer befriedigend, aber hin und wieder hilft es.

Trotzdem erlebe ich zeitweise so etwas wie Leere, wenn ich beispielsweise über einen längeren Zeitraum keinerlei Filme gesehen habe, weder zuhause noch woanders. Dann wird der seelische Schmerz mitunter so intensiv, dass ich öfter unruhig werde. Man könnte beinahe sagen, ich sei wie ein Drogensüchtiger, der zwar lange den Entzug aushält, aber der spätestens nach einiger Zeit nochmal eine Dosis benötigt, um es danach wieder eine längere Weile aushalten zu können. Vielleicht hinkt der Vergleich, aber mir scheint er passend, weil ich mir Sucht ungefähr so vorstellen würde.

Summer Nights, tell me more

Sonnenkind am Feldweg zur Hundezeit

Ungezinkte Klarheit

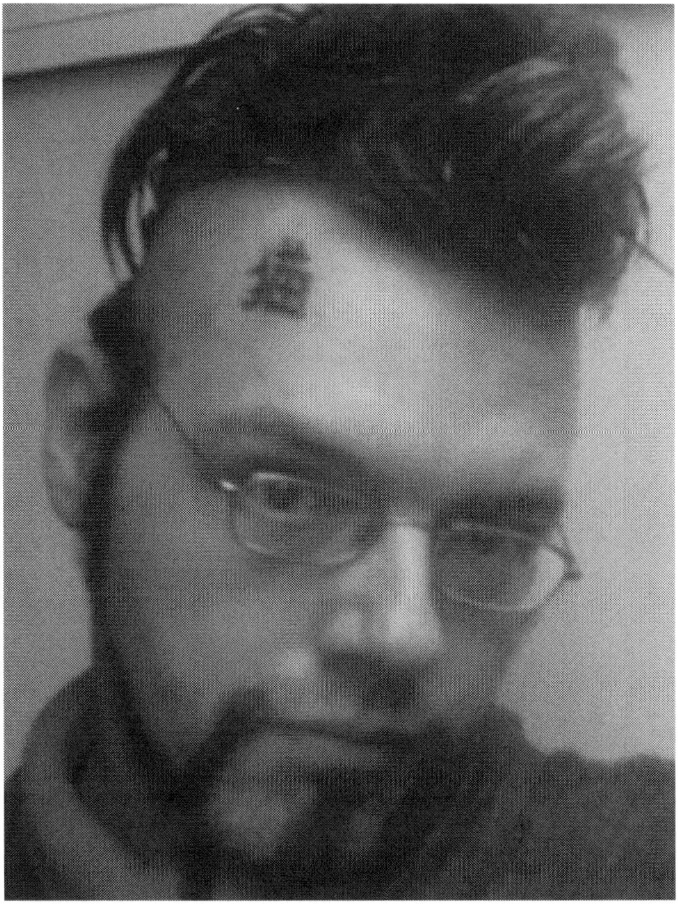

Neko mit Iro

Unbändiges Etwas[2]

Ich mach meinen Style

Wandern . Schreiben . Leben

Die Säule Bücher begleitet mich seit meinem vierten Lebensjahr. Angefangen hat es mit Comicheften, durch die ich mir selbst das Lesen beigebracht habe. Sehr schnell reichten die lustigen, aber sehr simplen Geschichten in den Comics nicht mehr aus, um meinen jungen Geist zu fordern. Deshalb war ausgerechnet Krieg und Frieden von Leo Tolstoi das erste Buch, das ich vollständig gelesen hatte, noch ehe ich in die Grundschule kam.

Heute lese ich freilich ganz andere Literatur, aber damals fand ich eine schier unüberwindbare Ansammlung von Wörtern offenbar einfach nur wahnsinnig faszinierend und spannend. Es dürfte deshalb auch wenig überraschen, dass ich mir viele Jahre später mit Sherlock Holmes von Sir Arthur Conan Doyle und einem Wörterbuch die Hälfte meiner heutigen Englischkenntnisse selbst beibrachte. Wenn Sie nun aber glauben, ich sei ein sprachlicher Überflieger, irren Sie. Die Theorie bereitet mir in jeder Sprache erhebliche Probleme. Ich komme mit Sprachen vom Verständnis her rasch zurecht und in deutschen Texten finde ich sehr flink jeden Rechtschreibfehler, aber wenn ich die deutschen oder englischen Grammatikregeln erklären müsste, würde ich mit

Pauken und Trompeten scheitern. Es liegt mir nicht. Ich verstehe, wie Sprache anzuwenden ist, aber wie die Regeln dahinter funktionieren, ist mir ein Rätsel. Das mussten auch meine Nachhilfeschüler feststellen. Ich konnte dafür sorgen, dass sie bessere Noten bekamen, aber das schaffte ich nicht mit theoretischem Wissen, nur mit praktischem.

Bei Büchern, selbst denen, die mir mit Schreibfehlern sauer aufstoßen, liegen mir fertige Texte vor, die ich nur zu lesen brauche. Und wenn es dann noch ein Themengebiet ist, das mich interessiert, kann man mich für eine Weile in einer anderen Welt suchen. Entsprechend schlecht ging es mir eine Zeit lang, als ich einmal aus Geldnot fast alle meine Bücher verkauft hatte und nur noch ein kläglicher, unbefriedigender Rest übrig geblieben war. Irgendwann konnte ich die Seiten auswendig, las wieder und wieder die selben Sätze, liebte die Bücher auch weiterhin, doch verwahrloste langsam an fehlender Abwechslung. Ich wurde unruhiger, unordentlicher, sodass mein Gemütszustand sich in meiner Umgebung spiegelte. Ich mochte mich selbst zu dieser Zeit weniger, aber war damals zu blind, die Zusammenhänge zu sehen und zu verstehen. Nach heutigem Kenntnisstand weiss ich, dass ich eine meiner Säulen radikal gekürzt und dadurch meine Lebensplatte ins Wanken gebracht hatte. Erst, als ich bei Freunden zu Besuch war und ein fremdes Buch in die Hand nahm, um darin zu lesen, wurde eine Tür aufgestoßen und ich spürte allmählich, dass ich wieder neue, gespannte Lust auf Bücher bekam. Ich lieh mir ein paar aus, las zeitweise in jeder freien Minute und konnte mich seelisch wieder aufbauen. Alle Säulen waren erneut auf dem selben Level und ich fand meine Balance.

Es ist im Zusammenhang mit der Säule Bücher recht interessant, dass ich auch selbst Bücher schreibe. Denn ich schreibe nicht nach den für Autoren typischen Regeln. Es fühlt sich für mich falsch an, nach einem Muster zu schreiben. Das macht viele Bücher irgendwo gleich oder ähnlich. Und ich persönlich möchte nicht x-mal ein ähnliches Buch lesen. Für mich muss jedes Buch, das ich lese, frisch und neu und aufregend sein, weil man nie weiss, was noch kommt. Deshalb schreibe ich meist ohne Konzept, sondern lasse meine Finger und meine Fantasie einfach machen. Ich schaue zwar nach Schreibfehlern, aber das Gedankenchaos macht meine Schreibweise speziell. Strukturiert schreibe ich nur bedingt, zum Beispiel für dieses Buch, was mir aber auch etwas leichter fällt, da ich zu jedem Thema ein eigenes Kapitel anlegen kann. Mit einer fortlaufenden Geschichte ist das für mich eher nicht möglich. Aber um guten Willen zu zeigen, versuche ich immer mal wieder etwas von dem, was meine Autorenkollegen so tun, auch bei mir anzuwenden. Es fällt bisweilen schwer, zu durchschauen, warum was wie geschrieben wurde, aber irgendwie schaffe ich es immer, den einen oder anderen Leser zu erreichen, und das ist mir die Mühe wert.

Kapitel 8 - Auffälliges

Auf den ersten Blick merkt man mir nicht unbedingt an, dass etwas anders ist. Ich sehe nicht nur völlig gewöhnlich aus, ich habe auch diverse Normalitäten im Alltag. Zum Beispiel freue ich mich auf meinen Feierabend nach der Arbeit. Dichtes Gedränge im Straßenverkehr ist mir ebenso ein Gräuel wie lange Schlangen im Supermarkt. Beim Telefonieren vertreibe ich mir die Zeit hin und wieder mit willkürlichen Zeichnungen. Als Student hatte ich mich unglaublich verzettelt. Ich bin nicht gerne krank. Ich hatte nicht nur Schulfächer, in denen ich gut war. Ich habe Liebeskummer kennengelernt, Trauer, unbändige Freude, fassungslose Überraschung. Ich habe Sehnsüchte, Träume, Pläne für die Zukunft, Vorstellungen davon, was ich will und was ich nicht will.

Ich wäre in Ihrem Bekanntenkreis sehr wahrscheinlich derjenige, der völlig normal wirkt und höchstens "einen kleinen, sympathischen Knacks" hat.

Und doch gibt es vieles, das, wenn man mich länger und

öfter erlebt, so auffällig ist, dass es mit alltäglicher Normalität nicht viel gemein hat.

Der erste Punkt wäre der offensichtlichste, wenn er heutzutage nicht so herrlich normal wäre. In einer großen Menschenmenge würde ich vermutlich nur durch meine Körpergröße auffallen. Mit fast zwei Metern fällt man schnell auf. Aber mein Kleidungsstil sticht nur heraus, wenn man mich einzeln entdeckt. Ich habe nämlich keinen. Seit ich mich zurück erinnere, habe ich tatsächlich nichts darauf gegeben, was andere von meiner Kleidung halten. Ich zog schon immer das an, was mir an mir gefallen hat. Zwar bin ich in der Lage, mich zu einem bestimmten Anlass angemessen zu kleiden, soweit es meine Körpermaße zulassen, doch in der Regel meide ich schlicht solche Anlässe, die mir bestimmte Kleidung aufzwingen, außer wenn es unausweichlich ist.
In meiner Kindheit habe ich noch so gut wie jeden Winter Kälte und Schnee erlebt, und zwar reichlich von beidem. Doch anstatt wie andere Kinder nur dick eingepackt vor die Tür geschickt zu werden, war es bei mir zuhause meistens egal, wie ich das Haus verließ. Und so

kam es immer häufiger vor, dass ich mit T-Shirt, kurzer Hose und vor allem barfuß durch den Schnee im Vorgarten lief und meine helle Freude daran hatte. In der Kälte fühlte ich mich pudelwohl.

Als Jugendlicher und junger Erwachsener hatte sich an meinem eigentümlichen Sinn für Mode nicht viel geändert. Zwar gab es keinen Tag, an dem ich nackt in die Schule gegangen wäre (soweit konnte ich mitdenken, dass sich so etwas nicht gehört), aber ich fiel immer wieder durch meine Erscheinung auf. Ich könnte Ihnen nun erzählen, dass es nur Anwandlungen waren, die mit Mitte 30 der Vergangenheit angehören, aber das wäre ein Märchen. Ich bin in der Zwischenzeit eher weniger auffällig geworden. Trotzdem kenne ich Männer meines Alters, die sich eindeutig so kleiden, dass man es ihnen ansieht. Wenn meine Falten nicht wären und wenn ich meine teils grauen Haare gerade mal eine Weile nicht färbe, dann könnte ich kleidungstechnisch an manchen Tagen für 17 oder an anderen für 25 durchgehen. Und nein, ich färbe meine Haare nicht, weil sie grau werden. Ich färbe die Farbe, die mir gerade Spaß macht, und da ich in meinem Leben schon jede ausprobiert habe (ja, auch pink, und wenn es eine Farbe gäbe, die weißtürkis hieße, auch die), weiss ich auch, welche davon mir auf meinem Kopf besonders gefällt.

Fremden Menschen schaue ich nicht gerne in die Augen. Das ist ein recht bekanntes Merkmal von Autisten. Ich suche zwar aktiv trotzdem immer nach Blicken, aber schaffe es selten lange genug. Meistens sehe ich irgendwo anders hin, am Gesicht vorbei, auf andere Körperstellen, an die Decke, auf den Boden, sehe irgendwelche Details im Raum an. Der direkte Blick in die Augen fällt mir umso leichter, je länger und besser ich jemanden kenne und je verbundener ich mich mit der Person fühle. Selbst meiner Verlobten kann ich nicht immer in die Augen sehen, aber wesentlich häufiger als zum Beispiel einem mir unbekannten Gesprächspartner.

Kurios im Furienmantel dreidimensional

Ich kann unterscheiden zwischen kurzen Phasen der Begeisterung und tatsächlicher, langfristiger Passion. In meiner Jugend wollte ich unbedingt Paläontologe werden, also jemand, der Dinosaurierknochen ausgräbt und untersucht. Ich war ganz vernarrt in das Thema und las mich tief in die Materie ein, kannte bald die wichtigsten Begriffe und Namen, konnte verschiedene Gesteinsschichten auseinander halten und durfte in der Schule sogar eine Projektwoche zum Thema Dinosaurier organisieren, was mir auch einigermaßen gelang. Irgendwann verschwand die extreme Fokussierung auf dieses Thema, während einzelne Bruchstücke noch heute in meinem Kopf vorhanden sind.

Wenn ich etwas auf eine von mir festgelegte Art und Weise mache, die zwar nicht falsch, aber ungewöhnlich ist, erhalte ich oft fragende Blicke, werde belächelt und man versucht meinen angeblichen Fehler zu berichtigen, was bei mir wiederum für blankes Unverständnis sorgt. Ein Beispiel folgt. Wenn ich Gemüse schneide, bei dem viel Rest anfällt, würde ich mir aus logischer Schlussfolge den entsprechenden Mülleimer direkt neben die Anrichte stellen, um die anfallenden Reste direkt dort hinein zu befördern. Ein Beobachter würde kommen und sagen, ich solle den Mülleimer an seinem eigentlichen Platz belassen und die Reste dorthin befördern. Da frage ich mich: Überwas diskutieren wir? Ums Prinzip, wer die Regeln aufstellt? Für die Reste kommt es auf das gleiche hinaus, ob der Mülleimer direkt neben der Anrichte steht oder an dem Platz, an dem er sonst steht. Für mich macht es logisch mehr Sinn, die Reste unmittelbar neben dem Arbeitsplatz zu entsorgen, ohne unnötig den Boden zwischen Anrichte und Mülleimerstandplatz zu verunreinigen mit willkürlich herunterfallenden Krümeln oder Tropfen, anstatt eben genau dies zu tun. Und erst recht, wenn ich den Mülleimer mit einem einzigen Handgriff von A nach B stellen kann und auch wieder zurück, ohne dass die Anrichte irgendwie beschmutzt wird, gibt es nach meiner Logik keinen plausiblen Grund, meine Tätigkeit zu kritisieren und richtigstellen zu wollen. Aber manche Menschen scheinen einfach nur ihre Regeln durchsetzen zu wollen, selbst wenn sie keine schlüssigen Argumente dafür aufbringen können. Auch etwas, das mir das Leben in der Welt der Neurotypischen alles andere als einfach macht. Mit umgänglicheren Zeitgenossen wäre in diesem Fall die Option möglich, offen darüber zu sprechen, dass ich diese Tätigkeit auf diese Weise machen muss, um meine Routine beibehalten zu können. Wie gesagt, so lange mir kein plausibler Grund genannt werden kann, der dagegen spricht, habe ich keinen tatsächlichen Fehler gemacht und arbeite genauso zuverlässig wie jemand, der den Mülleimer an seinem Platz lässt.

Ich habe seit frühester Kindheit ein sehr gutes Auge für Rechtschreibfehler und Zeichensetzungsfehler. Dabei ist es weniger das tatsächliche Fachwissen als vielmehr ein Instinkt, der dabei zum Tragen kommt. Natürlich kann ich Ihnen nicht garantieren, dass Sie in diesem Buch keinen Schreibfehler finden werden, da ich für mich selbst nicht halb so exakt arbeite wie für Auftraggeber (die immer eine 100%-fehlerfrei-Garantie bekommen und ansonsten ihr Geld zurück erhalten), aber dennoch habe ich ein untrügliches Auge, das im unabgelenkten Zustand jeden noch so kleinen Fehler erkennt.

Technik, die entgeistert

Kino kontra Klassik

Ich starre hin und wieder einfach in die Leere, zuhause und draußen, manchmal für Sekunden, manchmal minutenlang. Das liegt an meinem Gedankenchaos. Es ist ja nicht so, dass jeder Gedanke ein unverständliches Kauderwelsch ist, das sich überhören lässt. Viele, sehr viele Gedanken sind klar formuliert. Genau das macht dieses Chaos aus. Und manchmal halte ich einen Gedankenfetzen fest, weil er interessant oder auffällig scheint, und betrachte ihn. Das kann auch dazu führen, dass ich in die Leere starre. So ein Moment ist nicht vorhersehbar und im Idealfall hat mein Gegenüber Kenntnis von meinen Eigenheiten und bringt deshalb genügend Geduld auf, mich denken zu lassen, bis ich wieder am normalen Geschehen teilnehmen kann. Ich kann leider selten über den Gedanken sprechen, denn damit beginnt eine meiner gravierendsten Auffälligkeiten: Das Verhältnis zwischen meinem Kopf und meinem Mund, oder anders gesagt, zwischen dem, was ich denken kann und dem, was ich sagen kann.

Schickes chiq chick

In der Tat gibt es das vielfältige Problem, dass manche Menschen nicht darüber nachdenken, was sie sagen, weshalb dies der Grund für Missverständnisse und schlimmeres ist.

Mein Fall liegt etwas anders, und mittlerweile weiss ich auch, dass ich nicht der einzige Autist bin, der darunter zu leiden hat. Ich kann mich mündlich nicht so ausdrücken, wie ich es schriftlich könnte. Das mag zunächst banal klingen, aber glauben Sie mir, es ist alles andere als das. Die Schriftform gibt mir die Möglichkeit, meine Worte zu sortieren und mit der nötigen Ruhe aufzuschreiben. Ich kann schreiben, löschen, korrigieren, neu schreiben, zu einem früheren Satz zurück kehren und ihn löschen oder umformulieren. Oder einen Satz für ein späteres Thema bereits niederschreiben, bevor er überhaupt benötigt wird.
Wenn ich Ihnen jetzt aber sage, dass ich mündlich keinen Unterschied zu diesem Verhalten machen kann, werden Sie verstehen, weshalb Neurotypische, also Nichtautisten, ähnlich unter einem Dialog mit mir zu leiden haben wie ich selbst. Man kann etwas Gesagtes nicht einfach so zurück nehmen, als wäre es nie gesagt wor-

den, und den Satz nicht umformulieren. Der Satz ist gesagt, und alles, was notfalls bleibt, ist die (ebenfalls mündliche) Richtigstellung. Doch da fängt es schon an, das Problem. Zunächst einmal ist mir nicht nach jedem Satz, den ich sage, direkt bewusst, dass er falsch gewesen sein könnte. Aber ganz egal, ob ich es direkt weiss oder man es mir klar machen muss, ich kann die Richtigstellung nicht in aller Ruhe überlegen, als säße ich vor einem Manuskript oder einem PC. Ich muss, so will es der aktuelle soziale, ungeduldige Ablauf, unmittelbar reagieren. Und diese Ungeduld, diese Unruhe führt eigentlich fast in jedem Fall dazu, dass mein Versuch der Richtigstellung erstens zu lange braucht und zweitens die Lage noch verschlimmert. Denn natürlich habe ich zeitgleich im Kopf, dass mir in irgendeiner Form soziale Ablehnung droht, falls ich jemals etwas Falsches sage, was sich nicht gehört oder einfach missverstanden wird.

Dass ich überhaupt so vieles falsch sage, liegt hauptsächlich an besagtem Gedankenchaos. Ich habe keine andere Wahl, wenn ich mich mündlich unterhalte, als das, was ich sagen will, aus den Gedankenfetzen zusammen zu setzen, die gerade da sind und mir im ersten Moment passend erscheinen. Ich habe schon Gespräche mit geduldigeren Menschen geführt - ich sage Ihnen, das dauert. Wenn ich so sprechen soll, dass es immer zum Gesagten des anderen passt und immer im Rahmen des Angemessenen ist, dann benötige ich sehr viel Zeit, je nach Thematik. Das führt dazu, dass ich häufiger lange Monologe führe, damit ich nicht in die Verlegenheit gerate, auf etwas anderes reagieren zu müssen. Aber da es sich immer noch um einen mündlichen Monolog handelt, passiert es mir oft, dass meine Sätze so abschweifen wie meine Gedanken, weil ein Gedanke zu einem anderen führt. Und seien wir ehrlich, nicht einmal ich selbst mag mich auf Dauer reden hören. Ich kann schön vorlesen, mit angenehmer Stimme Geschichten erzählen, aber wenn es um normale Gesprächsthemen geht, scheitere ich daran, bis zum Ende zu kommen, ohne irgendwann zwischendrin anstrengend zu werden. Und da ich weiss, wie anstrengend ich als Dialogpartner sein kann, entsteht meistens auch ein innerer Druck, mich beeilen zu müssen, um nicht zu lange zu anstrengend zu sein. Gleichzeitig rebelliert aber alles in mir, weil ich mir Zeit lassen müsste. Also fange ich an, zu gestikulieren, werde unmerklich lauter, was unheimlich aggressiv wirken kann, weshalb mir dann weniger zugehört wird, was ich aber merke, weshalb ich dann noch einen Grund mehr habe, unruhiger zu werden, weil ich ja trotzdem möchte, dass mir Gehör geschenkt wird. Denn so unfassbar es klingt, aber meine Körpersignale haben in diesem Moment nicht das Geringste mit meiner inneren Dialogstimmung zu tun. Geistig bin ich noch immer auf dem Level, so zu reden, als würde außen mit mir und meiner Umwelt gar nichts passieren. Nach außen hin bin ich aber inzwischen eine pure Ablenkung von dem, was ich zu sagen habe, und meine Unfähigkeit, das in Ruhe zu regulieren, hat natürlich auch damit zu tun, dass ich weiterhin ahne, wie anstrengend ich mittlerweile wieder für mein Gegenüber bin. Und das passt mir gar nicht - ein Teufelskreis beginnt …

Auch hier hilft nichts so gut wie der scheinbar einfache Rat, mehr Geduld im Umgang mit Autisten zu erlernen und beizubehalten. Dass das nicht von heute auf morgen geht, gehört selbst mit zu der Übung, Geduld zu lernen. Wenn ich merke, dass mein Dialogpartner Ruhe bewahrt, nicht angestrengt die Augen rollt, nicht genervt

seufzt oder gelangweilt etwas anderes zu tun beginnt, dann habe ich die Chance, mir die Zeit zu nehmen, um durchzuatmen und meine Gedanken zu sortieren.
Sie werden sehen: Wenn Sie in solchen oder ähnlichen Situationen eine Engelsgeduld beweisen, können Sie Ihrem autistischen Mitmenschen und sich selbst das Leben um einiges leichter machen. Bedenken Sie immer, egal was für einen Autisten Sie vor sich haben: Wir haben ein Wahrnehmungsdefizit, d.h. im ärgsten Fall sind alle Sinne, die der Mensch besitzt, bei uns völlig anders ausgeprägt als bei Ihnen, weshalb wir auch unsere Eindrücke eventuell langsamer oder schneller verarbeiten als Sie.

Normaler Unnormaltag mit Haar in der Blondierung

Ihm, dem Federn sprießen

Woodstock Summer on the radio

Auffällig im umgekehrten Sinn ist mein Verhältnis zu Körperkontakt. Auffällig nicht etwa deshalb, weil ich ihn klischeehaft dauernd vermeiden würde, sondern weil ich ihn manchmal sogar dringend benötige. Und weil ich mehr Kraft und Glückseligkeit durch Körperkontakt erhalten kann als die meisten Menschen, die ich sonst kenne.

Ich spreche nicht von Sex. Und bevor Sie sich die Frage stellen: Natürlich gibt es auch Autisten, die eine Vorstellung von Geschlechtsverkehr besitzen oder ihn schon mal hatten. Nein, ich spreche von simplen Momenten, in denen zwei Körper für ein paar Sekunden (oder länger) aneinander geraten.

Ein Beispiel: Ich war wieder mal mit dem Zug unterwegs und saß alleine auf einem dieser Vierersitze. Mein bevorzugter Sitzplatz war am Fenster. Plötzlich betrat eine junge Frau mein Abteil und setzte sich zu mir. Aber zu meiner Verwunderung machte sie es sich ganz selbstverständlich neben mir gemütlich und lehnte sich sogar an mich an, ehe sie sich in ein Buch vertiefte.
Ich brauchte einige Momente, bis meine Verwunderung

nachließ und einem beruhigten Hinnehmen wich, mit dem ich mich wieder meinen Notizen widmete. Wer von Ihnen Erfahrung mit Katzen hat, kennt vielleicht ein ähnliches Verhalten. Mein Wundern glich jenem Innehalten einer Katze, die man während ihrer Putzaktion zu streicheln versucht, ganz so, als überlege sie, ob sie es zulassen oder darüber verärgert sein sollte. Aber über die ganze restliche Fahrt, bis die Frau ausstieg, saßen wir so da, als wären wir seit dem Kindergarten befreundet. Wir sprachen jedoch kein Wort miteinander, verabschiedeten uns nicht. Sie war einfach plötzlich weg. Aber es war schön.

Ich habe bisher schon ein paar solcher und ähnlicher Momente erlebt. Einzigartig und befremdlich-angenehm. Jedem Ottonormalmann könnten böse Zungen vielleicht andichten, es aus zweideutigen Gründen genossen zu haben. Das kann ich für mich nicht unterschreiben. Denn ich habe das selbe Phänomen bereits mit Frauen, Männern, Tieren und Gegenständen erlebt. Es geht dabei nicht von mir aus, sondern der Moment muss stimmen. Wenn es so ist, kann die Kleidung auf meiner Haut ebenso erholsam sein wie die Berührung einer Katze, die sich auf meinen Schoß legt. Es ist gleichermaßen faszinierend als auch anstrengend, da ich solche Momente häufiger bräuchte, um mich von den Leiden meiner intensiven Wahrnehmung zu erholen. Aber da ich nicht abschätzen kann, wann oder für wie lange solch ein Moment auftaucht, ist das Erlebnis fast jedes Mal erholsam und anstrengend zugleich.

Viele Autisten haben außerdem kleinere und größere Auffälligkeiten, die sie sich wahrscheinlich im Lauf ihres Lebens angeeignet haben, um die Probleme im Alltag besser verarbeiten zu können.

Es könnte zum Beispiel sein, dass Ihnen eine Person bekannt ist, die genau wie ich auf der Zunge kaut, wenn sie nachdenkt. Kein Kaugummi, keine Fingernägel, kein Lutschbonbon und auch keine Bleistiftkante halfen mir dabei - es musste zwingend die Zunge sein. Erst die Diagnose half mir dabei, mehr Geduld mit mir zu haben, mich neu auf mich selbst zu besinnen und es erneut mit Alternativen zu versuchen. Heute kaue ich noch immer oft auf meiner Zunge, wenn ich angestrengt nachdenke, aber mittlerweile kann ich auf Zahnstocher, Lutschbonbons oder ganz selten auch mal auf Kaugummi umsteigen. Das hat seine Zeit gebraucht, aber es war nicht umsonst.

Die wohl typischste aller Auffälligkeiten, die wir Autisten so ziemlich alle gemeinsam haben dürften (sofern es da nicht auch wieder Ausnahmen gibt), liegt in der repititiven Handlung. Das meint, wir unterliegen dem Zwang, etwas immer auf genau die selbe Art zu wiederholen, wie wir es bereits getan haben. Und das immer wieder. Sehen Sie es als Automatismus. Nehmen Sie als Beispiel, was Sie wollen - Zungekauen, den Platz der Zahnbürste, den Ort, wo man seine Schuhe abstellt. Ich wette mit Ihnen, wenn Sie einen Autisten in Ihrem Umfeld haben und ihm zusehen, werden Sie bald etwas finden.
Ich persönlich sehe es gern so, als seien wir Maschinen, die jeden Tag exakt das tun, für das sie programmiert wurden. Das mag im ersten Moment herzlos erscheinen, da wir natürlich auch Menschen mit Gefühlen sind. Aber was diese Wiederholungshandlungen angeht, muss ich es mit einer automatisch arbeitenden Maschine vergleichen. Habe ich mir einmal angewöhnt, dass meine Zahnbürste links im Becher steckt, dann muss sie das auch an jedem

Tag und zu jeder Uhrzeit. Meine Alltagsschuhe müssen immer am exakt gleichen Platz im Flur stehen. In unserem Flur gibt es außerdem zwei Lichtschalter, die beide jeweils nach oben und unten betätigt werden können. Es ist dabei technisch egal, mit welchem Schalter das Licht an- und mit welchem es wieder ausgeschaltet wird. Das führt allerdings dazu, dass mal ein Schalter nach oben und der andere nach unten zeigt. In meiner Logik darf das nicht sein, weil es unsymmetrisch wäre, nicht harmonisch. Mir würde davon so übel werden, als wenn jemand anderes im Hochsommer seine Nase in die Kanalisation halten würde. Deshalb müssen die Schalter möglichst immer so betätigt werden, dass bei ausgeschaltetem Licht beide nach oben zeigen. Darauf zu achten, vereinfacht zumindest einen kleinen Teil meines Alltags enorm.

Waldausflug im harten Schein

Wandertage unbefußt

Generation Elfie

Ich surfe gerne Bus. Ja, das dürfen Sie gerne exakt so verstehen, wie ich es formuliert habe. Ich habe aufgrund eines Sturzes in meiner Kindheit einen dysfunktionalen Gleichgewichtssinn. Aber irgendwann während meines Studiums entdeckte ich, dass ich in öffentlichen Linienbussen surfen kann.
Unsere Stadt ist von Hügeln und Tälern durchzogen, und der öffentliche Nahverkehr besteht ausschließlich aus Bussen. Normalerweise, wenn man einen Stehplatz hat, hält man sich irgendwo fest. Das mache ich auch, aber weil ich mich je nach Fahrverhalten und Strecke ausbalancieren musste, fing ich eines Tages unvermittelt damit an, mit dem Risiko zu spielen mich nicht mehr festzuhalten. Es gelingt mir zwar bis heute nicht jedes Mal problemfrei, aber wenn, ist das ein sagenhaftes Gefühl von Freiheit und Coolness.

Man könnte ewig weitermachen. Sei es, dass ich bei großem Durst hin und wieder sehr kalte Substanzen (sei es flüssig oder fest) zu mir nehmen muss, weil mein Körper aus irgendeinem Grund glaubt, dadurch den Durst löschen zu können, oder die Tatsache, dass ich bei kleinsten Anzeichen von Krankheit im Körper direkt eine intensive Schwächung meines Bewusstseins spüre und nicht mehr zu 100% funktioniere. Würde ich lange genug nachdenken, würden meine Auffälligkeiten vermutlich das halbe Buch alleine füllen können.

Bei anderen Menschen würde man so etwas vermutlich Ticks nennen, die man durch spezielle psychologische Übungen kontrollieren oder vielleicht sogar reduzieren kann. Bei Autisten ist es wahrscheinlicher, dass diese Ticks ein fester Bestandteil unseres Wesens sind, den wir nicht aus zum Beispiel traumatischer oder angstbezogener Kompensation durchführen, sondern weil wir keine andere Wahl haben. Es sind kleine, feine Regelwerke, ohne die das ganze System, nach dem wir funktionieren, nicht mehr rund laufen würde. Man könnte auch sagen, es ist wie mit der Steckdose, die man nicht überlasten und in die man kein Wasser schütten sollte - feste Regeln, die einfach existieren und gelten.

Visuelle Reize aller Art in der Öffentlichkeit können mich emotional anziehen (Landschaften, Farben, Kleidung, Frisuren, Augen, MakeUp, Werbetafeln, Formen Anordnungen, Schmuck, Accessoires, Dekoration und vieles mehr) und zwar in einer Weise, die ich für Neurotypische überhaupt nicht verständlich beschreiben oder vergleichen könnte. Es käme in der Intensität vermutlich dem nahe, was Sie als "leidenschaftliche Anziehung" kennen, aber in der Bedeutung ist es etwas völlig anderes, das ich noch eher als "ästhetische Anziehung" bezeichnen würde.

Leidenschaftlich ist es schon deshalb nicht, weil ich zum Beispiel keinen Geschlechtsverkehr mit einem Ahornblatt haben möchte, bloß weil ich es ästhetisch besonders anziehend finde. Aber da ich die Intensität dieser Empfindung am ehesten vom Thema Leidenschaft kenne, kann ich aus reiner Ermangelung an passenden Umschreibungen nichts anderes sagen als zum Beispiel "dieser Horizont ist so geil, dass ich am liebsten damit schlafen möchte". Das macht erst einmal natürlich überhaupt keinen Sinn für Sie, aber in meiner Wahrnehmung gibt es vieles, für das ich keine exakt passende Beschreibung kenne, weil es zu intensiv ist. Und deshalb muss ich zu Worten greifen, die meiner Empfindung am meisten entsprechen. Im genannten Beispiel können Sie also nach der ersten Verwunderung für sich übersetzen, dass ich von einem Horizont spreche, den ich so unglaublich atemberaubend finde, dass die größten Dichter unserer Zeit jahrelang nach Worten suchen müssten, und selbst dann würde es nicht ansatzweise beschreiben, wie ich persönlich diesen Horizont finde. Tja, und das drücke ich in dem Fall eben mit den Beschreibungen "geil" und "damit schlafen wollen" aus. Ähnliches finden Sie auch in sämtlichen anderen meiner Lebenssituationen.

Wenn ich jemanden liebe, kann ich mich zum Beispiel mitunter in schnulzig klingenden Kosenamen und Gedichten oder übertrieben wirkenden Romantikgedanken verlieren;
wenn ich jemanden nicht mag oder eine Einstellung von jemandem sehr ablehne, kann das in Aufzählungen von heftigsten Beleidigungen und Verwünschungen enden, obwohl ich demjenigen in Wahrheit eigentlich gar nichts Böses möchte;
und wenn ich ästhetisch von etwas angezogen werde, dann denke ich eben vor allem in leidenschaftlichen Formulierungen darüber nach, weil ich dafür keine andere

Beschreibung gefunden habe. Etwas, das mich nicht wortwörtlich leidenschaftlich anzieht, als leidenschaftlich zu bezeichnen, ist zwar nicht korrekt, aber das nächstliegende, was mir logisch möglich ist. Die einzige andere Umschreibung für mein ästhetisches Überempfinden wäre im kulinarischen Bereich zu finden, etwa "diese Frisur sieht so lecker aus, ich könnte sie essen". Aber tatsächlich ist diese Ausdrucksweise für mein Empfinden zu schwach und drückt nicht im Geringsten so viel Intensität aus, wie ich eigentlich spüre.

Auffällig in einem etwas anderen Sinn ist mein Hang zur lautstarken Meinungsäußerung. Ich habe generell eine kräftige Stimme und die Lautstärke nicht immer unter Kontrolle. Wenn mir etwas gegen den Strich geht, kann es vorkommen, dass ich mich mitteile, allerdings im ersten Moment ohne Rücksicht auf Verluste oder ob ich jemanden kränke oder ob meine Formulierung Sinn ergibt. Es passiert, dass es sich als richtig erweist, hat mir aber zu anderen Zeiten auch gehörigen Ärger eingebracht. Sobald ich mich selbst oder einen anderen Menschen in meiner Umgebung als ungerecht behandelt wahrnehme, ist die Chance sehr hoch, dass ich mich einmische. Allerdings kann ich in dem Moment nicht einschätzen, ob meine Handlung irgendwelche weiteren Folgen nach sich zieht. Für mich stellt die Einmischung eine Ausnahmesituation dar, in der ich, wenn nötig, mit allen verfügbaren Mitteln Frieden und Gerechtigkeit herbei führen will. Dabei passiert es gelegentlich (wie auch bei manchen heftigeren Diskussionen oder Streitigkeiten), dass meine Wortwahl umso unschöner wird, je intensiver der Inhalt meiner gedachten Aussage wird. Da wird ein "ich kann XY nicht leiden", wenn es mir sehr ernst ist und ich meine Abneigung extrem bildlich machen möchte, kurzerhand zu einem "soll er in der Hölle gefoltert werden, und wenn ich nachhelfe". Wenn ich dann auf Nachfrage antworte "ja, das meine ich ernst", so meine ich damit lediglich, dass es mir mit meiner Abneigung ernst ist, nicht mit irgendwelchen Folterabsichten. Aber so etwas muss man erst einmal wissen.

Dass ich überhaupt über solche Aussprüche (und noch weitaus schlimmere) verfüge, liegt abermals an meiner Kindheit und Jugend. Wächst man als sprachbegeisterter

Mensch, der alles aufschnappt und irgendwie behält, in sozialen Brennpunkten und zwischen ständig fluchenden Leuten auf, lernt man eben nicht nur die poetische und gewählte Sprache der Bücher, sondern auch alles andere. Entsprechend geht es auch auf meiner Gedankenautobahn zu. Da gibt es nicht nur umsichtige, rücksichtsvolle Fahrer, die sich Guten Tag sagen, wenn sie sich sehen. Zwischen all meinen gut formulierten, langjährig erfahrenen Gedanken und den vorsichtig fahrenden Gedankenfetzen gibt es jede Menge Raser, die in übertrieber Geschwindigkeit dahinjagen und denen Unfälle total egal sind, weil sie danach wieder rasen, als wäre nichts passiert. Und diese rasenden, unhöflichen Gedanken sind wegen ihrer Anzahl und ihres Tempos häufig in der Nähe, wenn ich unter Druck nach Worten suche. Trotzdem kann ich ein einigermaßen erfülltes Leben führen, und welches Leben kommt schon lange ohne Liebe aus?

In der Bärenstadt, und nicht allein

Kapitel 9 - Liebe

In Kapitel 2 - "Beziehungsweise" habe ich es bereits angeschnitten: Eine Beziehung mit mir ist alles andere als einfach.

Aber wie, werden Sie sich vielleicht gefragt haben, kann ich überhaupt von Liebe sprechen, wenn ich doch bei anderen Emotionen nichts weiter als Vergleiche ziehen kann? Wenn sich doch mein Erlebnis von Freude und Trauer, von Glück und Abneigung und allen weiteren Emotionen nur darauf stützt, wie ich meine Umwelt aufnehme und verarbeite, wie ist es mir dann möglich, genau zu benennen, was Liebe ist?

Die Antwort ist erschreckend simpel. Es ist mir gar nicht möglich, Liebe genau zu benennen. Ich kann nicht von Liebe sprechen. Ich werde vielleicht nie, in meinem ganzen Leben nicht, Liebe so wahrnehmen wie jemand, der ohne Autismus lebt. Aber nur, weil ich nicht von Liebe sprechen kann, bedeutet das nicht, dass ich es nicht trotzdem tue. Nur, weil ich Liebe nicht so erfassen kann wie andere, bedeutet das nicht, dass ich überhaupt keine Liebe spüre.

Die wohl bedeutendste Frage lautet doch: Was macht für mich Liebe aus?

Ein Kuss ist es nicht, denn ich habe auch Menschen geküsst, die ich nicht im Sinne einer festen Beziehung geliebt habe. Umgekehrt gab es schon Menschen, die ich zwar liebte, aber bei denen es nie zu einem Kuss kam. Dennoch verstehe ich, dass ein Kuss durchaus als Symbol der Liebe gilt und ich verwende ihn auch gerne als solches.

Körperlichkeiten allgemein sehe ich nicht als Grundstein der Liebe. Als Autist, selbst als ich von der Diagnose noch nichts wusste, habe ich die meisten meiner Kontakte über das Internet kennengelernt und aufgebaut. Darunter waren auch ein paar Fernbeziehungen, die bereits als solche anfingen, ehe man sich persönlich gesehen hatte. Natürlich kenne ich den Standpunkt, man könne sich nicht lieben, wenn man sich nicht wenigstens ein paar Male gesehen hat. Aber das ist eben nur ein Standpunkt, weder die einzige Wahrheit noch das Maß aller Dinge. Es funktioniert weit mehr im Zwischenmenschlichen, als ein Verstand sich vorzustellen vermag. Das weiss sogar ich.

Was also ist Liebe? Was steckt dahinter?
Für mich persönlich hat es zunächst mit einer anderen Frage zu tun: Möchte ich mit dieser Person mehr Zeit verbringen?
Es schließen sich weitere Fragen an: Wie viel Zeit ist mehr Zeit? Wie interessant finde ich diese Person? Bekomme ich Gedanken an eine Zukunft mit dieser Person in den Fokus? Ist es eine Zukunft, die mir gefällt oder gefallen könnte?
Das alles passiert nicht so ausformuliert, sondern innerhalb von Sekunden. Und wenn die Antwort auf dieses Fragenpaket sich ingesamt harmonisch genug anfühlt, dann ist mindestens eine Freundschaft realistisch, aber je intensiver das harmonische Gefühl ist, desto mehr denke ich an etwas anderes als an bloße Freundschaft. Und das

scheint der Moment zu sein, in dem ich beginne, Liebe zu empfinden.
Dieses harmonische Gefühl kann sich intensivieren oder nachlassen. Aber wenn es sich nach und nach intensiviert, wird es so stark, dass ich mich sehr darauf fixiere, um viel dafür zu tun. Allerdings kann ich nur auf meine Art und Weise viel tun, was nicht zwingend so ankommt wie gedacht oder gewünscht. Ich beginne von Anfang an weit im Voraus zu denken, ohne etwas dafür zu können. In meinem Kopf werden bereits vor dem ersten längeren Gespräch oder dem ersten Kuss Gedankenwege aufgebaut, die mit Hochzeit, Kindern und Tod zu tun haben können. Das passiert völlig automatisch, ohne dass ich tatsächliche Erwartungen hätte, die immer exakt erfüllt werden müssten.

Je nach Art der Beziehung kann es aber auch sein, dass das Gefühl der Bindung nachlässt, je unharmonischer ich mich mit den Gedanken an eine gemeinsame Zukunft fühle. Vielleicht kennen Sie diesen Zustand sogar.

Verflossen, verdrossen, abgeschlossen

Lang ist das Leben und granatenstark

Mich zu jemandem hingezogen zu fühlen - das kann beizeiten auch kompliziert werden, wenn es von der Gesellschaft oder der Allgemeinheit als ungewöhnlich oder unnatürlich angesehen wird. Es war zum Beispiel gleichsam faszinierend, lehrreich als auch anstrengend und angsteinflößend, als ich für viele Jahre auf Männer stand. Die Abscheu, die mir damals entgegen gebracht worden war, bildete einen der Hauptgründe, weshalb ich mich zu einer Art Misanthrop entwickelte, einem Menschenhasser. Erst die bedingungslose Güte eines Menschen, der auch heute zu meinen Freunden zählt, ließ mich wieder sanfter werden.

Dass ich trotz meiner früheren Fokussierung auf Männer immer mal wieder auf Frauen auswich, ließ andere behaupten, ich sei nicht schwul, sondern bisexuell. Diese Kategorisierung empfand ich für mich als falsch, denn der Hauptgrund, weshalb ich mein Glück mit dem anderen Geschlecht versuchte, lag an meinen gescheiterten Beziehungen mit Männern. Für mich war es einfach nur ein logisches Vorgehen: Wenn es mit dem einen Geschlecht nicht funktionierte, versuchte ich es mit dem anderen. Nach ein paar schönen, aber missglückten Beziehungen mit Männern nahm ich an, es wäre leichter, eine Beziehung mit einer Frau zu führen. Klischeehafterweise kam ich schon damals als Homosexueller deutlich besser mit Frauen zurecht, zumindest in Freundschaften. Also versuchte ich es. Allerdings konnte ich seinerzeit natürlich nicht wissen, dass die Beziehungsprobleme weniger mit dem Geschlecht zu tun hatten.

Sie werden des Öfteren irgendwo lesen können, dass entweder viele oder alle Autisten mit Problemen in Liebesbeziehungen zu kämpfen haben. Die einen finden erst gar keine, weil ihnen Flirten und Kontaktsuche fremd sind oder sie überhaupt keine Beziehung wollen. Anderen fällt es zwar leichter, jemanden kennen zu lernen, aber scheitern dann oft an den Anforderungen, die das Beziehungsleben eben mit sich bringt. Und selbst, wenn der Partner über den Autismus Bescheid weiss, ist dies leider kein Garant für mehr Harmonie.
Dass ich heute mit einer Frau verlobt bin, kann ich nicht anders als mit meinem Verständnis von Liebe erklären. Es ist einfach passiert. Auch sie lernte ich im Internet kennen, auch mit ihr hatte ich schon viele Höhen und viele Tiefen. Der einzige Unterschied zu früheren Bezie-

hungen liegt darin, dass wir deutlich länger durchhalten. Es gab schon zahlreiche Krisenzeiten, aber irgendwie haben wir es jedes Mal geschafft, darüber hinweg zu kommen. Von meiner Logik her klingt das erst einmal danach, dass wir einfach auf unlogische Weise füreinander bestimmt sind. Ob das faktisch erklärbar ist, bleibt zweitrangig. Ich fühle die Harmonie mit dieser Person wachsen, trotz aller Hindernisse in der Vergangenheit und Gegenwart, und ich hoffe sehr, dass es dieses Mal für immer ist, auch wenn manche Leute sagen "nichts ist für immer". Dann hoffe ich wenigstens, dass es für den Rest meines Lebens ist.

Habe ich durch verschiedene Quellen über Jahre gelernt, dass jede Frau Romantik benötigt? Ja.
Muss ich durch herbe Rückschläge lernen, dass das nicht immer realistisch ist und Romantik nicht gleich Romantik ist? Ebenfalls ja.

Jemandem, den man gern hat, eine Freude zu machen, kann furchtbar kompliziert sein. Das hatte ich bereits früher erwähnt. Dieses Problem kennen nicht nur Autisten. Aber wir benötigen sehr häufig Regeln in unserem

Alltag, die wir grundsätzlich befolgen können. Bereits eine einzige Abweichung von einer festen Regel kann uns vollkommen aus dem Konzept bringen. Da scheint es nur verständlich zu sein, wenn das Konzept namens Liebesbeziehung ein großes Rätsel für uns ist, größer als für die meisten Neurotypischen. Nicht nur steckt Liebe voller Abweichungen, sondern man kann sich selbst auf feste Regeln nicht immer verlassen.

Schneeselfie und die sieben Schleifchen

Kiefer im Gebälk, kurz vor der Dreikleinigkeit

Ein Autist funktioniert vom Prinzip her meistens oder immer gleich, egal in welcher Situation. Versteht man all seine Abläufe in einer bestimmten Lebenslage, kann man ein Muster erkennen, das in jeder anderen Lebenslage gleich bleibt. Ein Neurotypischer hat solche Muster nicht. Die Psychologie kennt zwar Verhaltensmuster, doch diese sind wesentlich vielfältiger, komplizierter und schwieriger zu durchschauen.

Ein sehr einfach gehaltenes Beispiel:
In Situation X reagiere ich im normalen Verlauf definitiv mit Verhalten 1, bei einer Abweichung des Verlaufs definitiv entweder mit Verhalten 2 oder definitiv mit Verhalten 3. Weiss man das, darf man davon ausgehen, dass ich in Situation Y und Z exakt gleich reagieren würde.

Ein Neurotypischer in Situation X reagiert im normalen Verlauf vielleicht mit Verhalten 37, vielleicht mit Verhalten 12 oder vielleicht mit Verhalten 289. Vielleicht aber auch ganz anders, je nach Ausgangslage. Bei einer Abweichung des Verlaufs häufen sich die Verhaltensmuster und Vielleicht-Fälle ins scheinbar Unermessliche.

Man sollte nun meinen, dass meine gewaltige Gedankenautobahn ein Gewinn sei, da alle möglichen und unmöglichen Gedanken bereits gedacht sein müssten und ich mir davon ganz einfach die besten heraus picken könnte. Um dies zu bewerkstelligen, müsste ich aber den absoluten und allumfassenden Überblick besitzen. Was nicht der Fall ist. Darum sprach ich bereits von Gedankenchaos. Ich habe keine andere Wahl, als aus dem Wirrwarr der unmittelbar an mir vorbei rasenden Gedanken und Optionen diejenigen auszusuchen, die gerade am passendsten scheinen. Dadurch bleiben meine Aktionen und Reaktionen sehr oft nicht mehr als ein Ratespiel, das glücken, aber auch mussglücken kann.
Bei anderen, mir fremden Menschen kann es mir im Prinzip egal sein, welchen Eindruck ich auf sie mache, bevor sie ihren Sekundenbruchteil in meinem Leben beenden und wieder ein Teil der gesichtslosen Masse werden. Aber Menschen, die mehr Aufmerksamkeit von mir bekommen, seien es Personalchefs, Bäcker, Freunde oder Partner, werden bisweilen hart vor den Kopf gestoßen, wenn ich in einer Situation seltsam reagiere. Aber selbst, wenn ich mich immer vorstellen würde mit den

Worten "Hallo, ich bin Autist", würde das bereits neue Erwartungen an mich stellen. Ohne das Wissen, dass ich Autist bin, erwartet man von mir reguläre Verhaltensmuster. Hat man das Wissen, dass ich anders bin, verknüpft sich damit fast automatisch ein bestimmtes Bild, weil praktisch jeder schon einmal zumindest von Autismus gehört oder gelesen hat. Wenn ich dann aber diese spezifische, vielleicht durch Halbwissen fabrizierte Erwartung nicht erfülle, fallen viele Mitmenschen letzten Endes doch wieder in ihre reguläre Erwartungshaltung zurück. Es scheint für manche Leute nicht vereinbar zu sein, weder ein reguläres Muster noch ein erwartetes untypisches Muster zu besitzen. Aber so ist es. Nicht jeder ist gleich. Und wie bereits erwähnt - wir Autisten haben deutlich mehr Hürden, um Sie als Neurotypischer zu verstehen, als Neurotypische haben, um uns zu verstehen.

Zum Beispiel habe ich auch, wenn ich mal erkältet bin, immer dieselben Muster, nach denen ich funktioniere. Laute Geräusche minimiere ich. Werden meine Augen lichtempfindlicher, kommt es je nach Intensität vor, dass ich mit einem Tuch über dem Kopf zuhause herum laufe, sitze, fernsehe, esse, schlafe. Gleichzeitig bietet das Tuch (es war einmal auch schon ein Platzdeckchen) meiner körperlichen Wahrnehmung eine sanfte Berührung im Haar, als würde mich jemand beruhigend streicheln. Sobald meine Nase Marathon läuft und ich kaum noch aus den Augen sehen kann, geht fast nichts oder sogar gar nichts mehr. Es schränkt mich dermaßen ein, dass normale Alltagsbewältigung wie Arbeit, Haushalt oder Einkauf nicht mehr möglich ist.

Entsprechend meiner eigenen Wahrnehmung bewerte ich auch das Leid eines mir nahe stehenden Menschen sehr hoch. Man sagt Autisten fehlende Empathie nach, was auch ich für mich zum großen Teil unterschreiben kann. Dafür schmerzt das Ratespiel, wie sehr jemand in meinem Umfeld wohl leiden mag, umso mehr, da ich hierfür kein Maß kenne. Ich kann nicht einschätzen, wie sehr jemand leidet, selbst wenn es mir noch so oft erklärt wurde. Da ich nur mein eigenes, unnatürlich intensives Leid kenne, verstehe ich das Leid eines anderen als ähnlich groß und leide entsprechend mit.

Im Umgang mit meiner Verlobten bedeutet das, mir oft viel mehr Sorgen um sie zu machen, als ich machen müsste, weil ich eben nicht einschätzen kann, wie groß oder klein ihr Leid gerade ist, selbst wenn sie nur hustet.

Das Konzept der Individualität kommt mir oft fremd vor. Ich erlebe etwas und erwarte von jedem Anwesenden, dass er es genauso erlebt. Angenommen, ich verstehe unmittelbar den kompletten Kontext eines Sachverhaltes und begründe dies für mich zufriedenstellend damit, dass erstens ich ein intelligentes Wesen bin und zweitens der Sachverhalt sehr offensichtlich und einfach zu verstehen ist. Nun sitzt mir ein neurotypischer Mensch gegenüber, den ich ebenfalls für intelligent halte. Ich erwarte automatisch, dass auch er den kompletten Kontext des Sachverhaltes genau so offensichtlich und einfach versteht wie ich. Die Möglichkeit, dass er Probleme mit dem Verständnis haben könnte, ist für meine logische Wahrnehmung ausgeschlossen. Umso verwirrter bin ich entsprechend, wenn das, was in meiner logischen Kette an nächster Stelle steht (der unmittelbare Aha-Effekt des anderen), nicht eintrifft, sondern durch das genaue Gegenteil (sozusagen den Warum-Effekt des anderen) ersetzt wird. Und da ich meist sehr direkt bin, kann ich in dieser Situation nicht einfach erklären, sondern muss erstmal meinen Unmut darüber äußern, dass ich damit überfordert bin, zu begreifen, wie jemand nicht dasselbe verstehen kann, das ich verstehe. Wenn ich darüber nachdenke, ist es natürlich klar, dass zwei Menschen unterschiedlich wahrnehmen. Aber ich habe noch immer Probleme damit, das Konzept dahinter zu verstehen, wenn in einer Situation die Wahrnehmungsdetails prinzipiell exakt die gleichen sein müssten. Ich bin noch auf dem Weg, völlig zu akzeptieren, was es bedeutet, dass ich alles intensiver wahrnehme als die Menschen um mich herum.

Warum das alles im Kapitel Liebe steht? Weil einerseits natürlich meine Partnerin schon mehr als einmal mit diesen Eigenarten konfrontiert wurde, da wir zusammen wohnen, und zum anderen, weil es mir bei den Menschen, die ich gern habe, besonders wichtig ist, dass unser Verhältnis harmonisch ist, was durch solche Eigenarten nicht eben leicht gemacht wird.

Das Thema Sex ist, wie Sie sich inzwischen denken können, ebenso kompliziert und gleichzeitig einfach wie alles andere. Hier rate ich dazu, jedem Autisten seine Eigenarten zu lassen und ihn zu nichts zu zwingen, was er nicht ausdrücklich mag. Je nach Kompliziertheit des Autismus kann es ohnehin sein, dass zu keiner Zeit mehr Körperkontakt denkbar sein wird als das liebevolle Streicheln des Kopfes oder der Arme. In solchen Fällen dürfen neurotypische Partner höchst beglückt sein, wenn es zum Küssen kommt, aber selbst dann sollte erst vorsichtig ausgetestet werden, wie intensiv der autistische Partner küssen möchte.

In meinem Fall kann meine Verlobte sehr froh sein, denn wie bereits erwähnt lege ich in einem gewissen Rahmen sehr viel Wert auf Körperkontakt. Ich habe meine Vorlieben, aber auch meine Eigenarten. Diese immer zu berücksichtigen, ist fast unmöglich und auch ich muss damit leben, was sich aber entsprechend auf meine Lust auswirkt. Also selbst, wenn ein Autist augenscheinlich normal mit Körperkontakt umgeht, bedeutet das nicht, dass man auf nichts mehr achten müsste. Es kann zum Beispiel sein, dass ein Autist grundsätzlich nur in einem vorher desinfizierten Schlafzimmer zum Sex bereit ist. Ein anderer wird möglicherweise nie zu mehr Handlung fähig sein als zu gegenseitigem Streicheln nackter Körper bei klassischer Musik, während ein dritter nur dann ganz besonders gut stimuliert wird, wenn sein Partner bestimmte Kleidung trägt, weil diese auf ihn eine entspannende Wirkung ausübt. Im Fall eines Autisten kann man aber nicht vorrangig von Zwang, Vorliebe oder Fetisch sprechen. Es liegt in unserer Natur, weil unsere Wahrnehmung uns zu einem Wesen mit besonderen Anforderungen macht.

Das mag erst einmal sehr anstrengend und wenig erstrebenswert klingen, aber es bleibt dennoch das menschliche, wenn auch etwas abgewandelte Bedürfnis nach Liebe und Nähe. Übrigens helfen mir auch in diesem Zusammenhang Erinnerungen sehr weiter, denn durch Erinnerungen wird für mich eine enge Bindung viel spürbarer und greifbarer. Und auch in diesem Fall sind es Fotos, die mir helfen, mich zu erinnern.

Kapitel 10 – Besser werden

So menschlich Autisten oft sind, so häufig tritt aber auch das Verlangen ihrer Mitmenschen auf, ihnen helfen zu wollen, sie gar heilen zu wollen.

Wie heilt man jemanden, der nicht krank ist?
Autismus ist kein Virus. Und selbst wenn er es wäre - in unserer heutigen, fortschrittlichen Zeit gibt es dennoch Krankheiten, gegen die bisher kein Heilmittel gefunden werden konnte.
Autismus ist, je nachdem, wen Sie fragen, eine Entwicklungsstörung, eine Wesensauffälligkeit, eine Krankheit oder eine Behinderung. Der aktuelle Aufgeklärte spricht von den beiden erstgenannten Begriffen. Wie es in einem Jahr, in fünf oder in zehn Jahren aussieht, können wir heute unmöglich wissen. Was wir heute wissen können, ist, dass Autismus nicht unmittelbar ansteckend ist und nicht zwingend vererbt wird. Zwar spricht man von einer gewissen Wahrscheinlichkeit, dass das Kind eines Autisten ebenfalls autistisch wird, aber es gibt auch be-

reits bekannte Fälle, in denen beide Eltern Autisten sind und trotzdem ein nichtautistisches Kind zur Welt gebracht haben. Also ist es nicht korrekt, ausschließlich von vererbbarem Autismus zu sprechen.
Autismus wird seit vielen Jahren erforscht und trotzdem gibt es noch viele offene Fragen und Ungereimtheiten. Während daran geforscht wird, müssen Autisten und deren Familien, Freunde, Arbeitskollegen weiterhin mit etwas zurecht kommen lernen, für das die Wissenschaft kaum etwas Eindeutigeres hat als einen Namen: Autismus. Und so bleibt nicht viel anderes übrig, als sich auf irgendwelchen Wegen damit auseinander zu setzen.

Da es sich nach aktuellen Erkenntnissen um keine Krankheit handelt und wenn um eine Behinderung, dann nur in Einzelfällen, kann man auch nicht auf so etwas wie ein Heilmittel hoffen. Zwar gibt es mittlerweile ein paar wenige Menschen, die felsenfest behaupten, eine Lösung gefunden zu haben, aber das dürfen Sie im Zweifelsfall für ungefähr so glaubwürdig halten wie die Behauptung mancher Leute, gegen Homosexualität würde Gehirnwäsche helfen.

Was im Umgang mit Autismus tatsächlich hilft, ist ganz und gar menschlich: Verständnis.
Ich als Autist muss verstehen lernen, was mit mir los ist, und mit meinen Eigenheiten umzugehen. Das gilt ebenso für meine neurotypischen Mitmenschen.
Akzeptanz ist auch sehr wichtig. Wenn ich nicht akzeptiere, dass ich so bin, stürze ich mich in ein noch größeres Chaos als das, welches in mir besteht. Also muss ich erst einmal sagen: Ich bin Autist. Es ist keine Phase, die wie bei einem pubertären Jugendlichen wieder vergehen wird. Es ist ein fester Mechanismus, verankert in mir, und ich muss ihn freundlich begrüßen und kennenlernen. Nur dann kann ich lernen, damit umzugehen.

Kann ich perfekt darin werden, umgänglich zu sein?
Nein.
Kann ich besser darin werden, unkompliziert zu sein? Ja.
Kann die Erträglichkeit meiner Situation besser werden?
Ja.

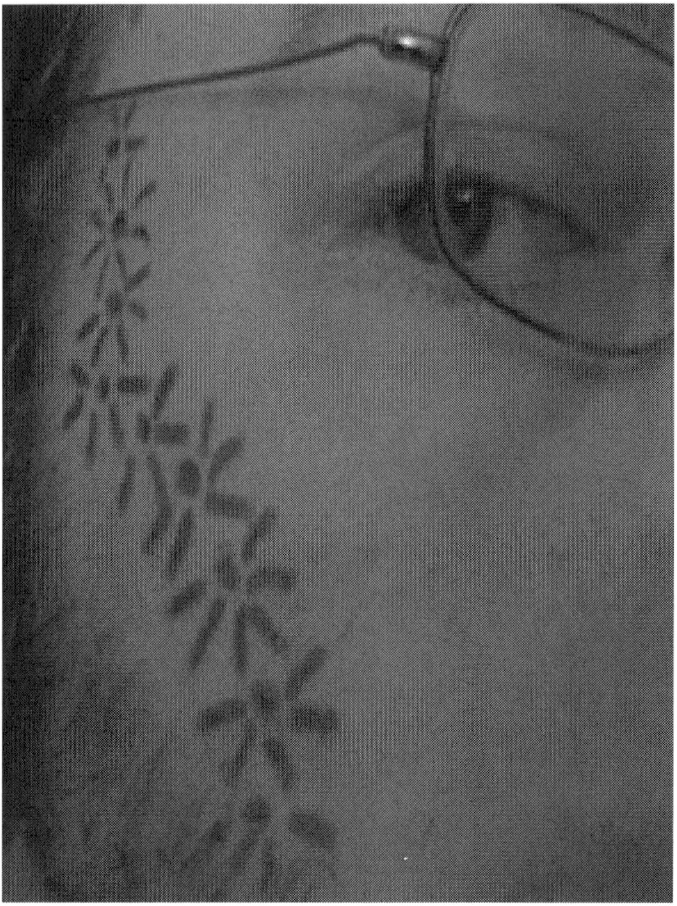

Kajal konsequent im Kino

Und genau deshalb halte ich eine Heilung zur Zeit für unnötig. Vielleicht sehe ich das eines Tages anders, aber mit den aktuellen Möglichkeiten für Autisten lässt es sich auch als Erwachsener recht gut leben. Zumindest, wenn man seinen Alltag weitestgehend selbst bewältigen kann. Für Autisten, die nicht dieses Glück haben, gibt es eine ganze Menge Hürden, angefangen damit, die eigenen Gedanken nicht so äußern zu können, dass andere sie verstehen. Aber auch für diese Menschen gibt es Hoffnung auf Hilfe. Sie benötigen nur jemanden mit viel Geduld, Verständnis und Akzeptanz an ihrer Seite. So wie vermutlich alle Autisten. Da draußen warten fähige Fachleute darauf, helfen zu können, und sei es nur mit ein paar Tipps für Alltag, Beruf und ja, vielleicht auch Liebe.

Was ich abschließend zu diesem Thema sagen kann, ist, dass Kommunikation helfen kann. Machen Sie sich darauf gefasst, dass Kommunikation mit Autisten immer ein sehr anstrengendes Unterfangen sein kann, die man nicht so leichtfertig angehen sollte wie den Small Talk mit Arbeitskollegen oder Familie. Es gehört viel Geduld dazu, das Thema Kommunikation auszuleben, wenn es um Autismus im Allgemeinen und einen Autisten im Speziellen geht, denn die Anstrengung ist nicht zu unterschätzen. Aber: Kommunikation hilft. Schweigen, Vermutung, Vorurteil helfen dem Neurotypischen nicht. Mit Geduld und dem nötigen Verständnis für manchmal absonderliche, manchmal ganz und gar normale Regungen des Autisten können dazu führen, dass auch dieser sich mehr öffnet und man gemeinsam daran arbeitet, das Miteinander angenehmer für beide Seiten zu gestalten.

Kapitel 11 – Tod und Vergänglichkeit

Vielleicht möchten Sie wissen, ob Autisten ein Verständnis dafür besitzen, was Tod bedeutet.
In meinem Fall lautet die Antwort jedenfalls Ja.
Ich hatte schon auf verschiedenen Wegen Kontakt mit dem Thema. Ich weiss, dass er Teil des Lebens ist. Ich weiss, dass der Tod in seiner Funktion als Ende des Lebens viele Menschen ängstigt. Dazu zähle ich mich aber auch selbst.
Ich beschäftige mich oft mit dem Thema Tod, da ich neben meinem Autismus auch eine Angststörung habe.
Vor allem die Angst vor einem Herzinfarkt ist bei mir sehr ausgeprägt. Sobald es in meiner Brust vibriert oder zuckt, selbst wenn es nur ein Muskel ist, überkommt mich schlagartig der Gedanke "Jetzt ist es soweit". Da ich für vielleicht vier oder fünf Jahre geraucht habe, mein Leben seit früher Kindheit von viel ungesundem Essen begleitet wurde und ich mich auch heute noch, trotz Ernährungsumstellung und Bewegung, mit dem Abnehmen schwer tue, sind meine Risikofaktoren kaum von der

Hand zu weisen. Ich mindere zwar durch jeden Fortschritt das Risiko, aber die halbwegs sichere Zone habe ich noch nicht erreicht. Ich kämpfe weiter.

Ich habe das unbändige Verlangen, jemandem in Erinnerung zu bleiben. Ich glaube, die Ansicht, dass man so lange weiter lebt, so lange sich jemand an denjenigen erinnert, diese Ansicht entspricht mir am meisten.
Ich habe Angst davor, zu früh zu gehen. Oft habe ich Angst davor, dass mein Tod qualvoll sein wird. Dass ich alleine sterbe und niemand dabei ist, der Hilfe rufen und mich wiederbeleben kann. Auch für Autisten ist es nicht unbedingt einfach, gesund zu leben, zumindest für jene, die selbstbestimmt leben können. Glauben Sie es oder nicht, aber in manchen Momenten wünschte ich, zu denen zu gehören, für die alles geregelt wird. Einem Neurotypischen wird das Leben manchmal schon zu hart. Mit einer gesteigerten Wahrnehmung und einem nie endenden Gedankenchaos wird das nicht eben einfacher. So gestresst zu leben, noch dazu so gestresst selbstbestimmt zu essen, so gestresst zu schlafen oder nicht zu schlafen, und Dinge zu tun, die manchmal kein Maß ha-

ben, solche Punkte sind einem langen Leben nicht wirklich zuträglich. Da mir das bewusst ist, steigert sich die Angst vor dem Tod für mich, solange ich in den betreffenden Punkten keine wesentliche Verbesserung erziele. Sei es ein gesundes Gewicht, ausgewogenes Essen, ausreichend Bewegung oder seelische Ausgeglichenheit. All das zu erreichen, fällt jemandem wie mir auf einer anderen Bewusstseinsebene mindestens genau so schwer wie Ihnen.

Sie sehen, wie menschlich ich unter all dem automatischen und chaotischen Denken bin. Ich habe Angst vor dem Tod, kann ihn (noch?) nicht als Bestandteil des Lebens akzeptieren. Obwohl er doch ein logischer Fakt ist, kann ich ihn nicht einfach willkommen heißen. Und das, mutmaße ich, ist etwas, das in irgendeinem Zusammenhang jedem Autisten innewohnt: Etwas, das so menschlich-normal ist, dass es auch Neurotypische nachempfinden können. Nicht jeder kann sich auf die Fahne schreiben, den eigenen Tod zu akzeptieren. In dem Moment, in dem man Angst vor dem Ableben hat, akzeptiert man es schon nicht wirklich, oder? Wie könnte ich etwas akzeptieren, vor dem ich Angst habe? Oder ist es mit dem Tod wie mit der Spinne?

Ich habe seit meiner Kindheit Arachnophobie, vermutlich erlernt durch das Verhalten meiner Erzeugerin. Über die Jahrzehnte hat es sich unaufhaltsam gesteigert und ist zu einer irrationalen Angst geworden, aber gleichzeitig akzeptiert etwas in mir die Existenz von Spinnentieren. Denn draußen im Wald schaue ich sie mir fasziniert an, manche Exemplare können mir dort sogar über das Bein oder die Hand laufen und ich nehme sie lediglich als logischen Bestandteil der mich umgebenden Natur wahr. Nur in einer Wohnung lässt ein einzelnes, kleines Wesen meinen Puls rasen und ich Tierfreund suche völlig automatisch nach dem nächsten Hilfsmittel, um es unschädlich zu machen. Trotzdem entschuldige ich mich bei jedem Tier, das ich erschlage, und in manchen Momenten habe ich sogar mit ihnen geredet und mich dafür gerechtfertigt, dass ich mir nicht anders zu helfen weiss. Mittlerweile haben wir einen Spinnengreifer im Haus, mit dem ich wiederholt Tiere lebend entfernen kann, aber in einigen Situationen komme ich nicht dazu. Auch an diesem Umstand arbeite ich weiter.

Was mir zum Thema Tod kürzlich klar wurde: Einen toten Menschen zu sehen, bereitet mir kein Unbehagen, wenn er aussieht, als schlafe er. Es fühlt sich normal und harmonisch an. Ein Problem ergibt sich nur dann, wenn er übel zugerichtet aussieht. Verrückt, nicht wahr? Mir fallen solche Kleinigkeiten eher auf, weil ich mehr auf mich achte als früher.

Das Leben lief irgendwie durch mich hindurch, ich hatte erlebt, wahrgenommen, aufgesogen, aber nicht gefiltert. Das Filtern und bewusstere Wahrnehmen hat sich erst in den letzten fünfzehn Jahren langsam und schleppend entwickelt. Doch erst durch meine bewusste Entscheidung für den Buddhismus und durch meine Diagnose hat die Filterung einen gewaltigen Schub erhalten. Aufgrund meiner chaotischen Gedankenautobahn wird es nie vollständig einfach werden und Normalität wird immer ein Fremdwort für mich bleiben, aber ich bin in der Lage, Wege zu entdecken und zu erlernen, um manche Hindernisse zu überwinden. Weil mein Leben vergänglich ist, nehme ich lieber diesen etwas holperigen Mittelweg und fühle dabei etwas ähnliches wie Harmonie, als zum Beispiel ein Versuchskaninchen von Psychologie und Medizin zu werden, um im Reagenzglas mein Leben zu verpassen, und das nur für den Preis einer eventuellen Heilung, die es möglicherweise niemals geben wird. Das ist kein Leben, das ich führen wollen würde, ehe mein Ende kommt.

Ich habe Träume, ich habe Verständnis von einer Zukunft, ich habe Pläne. Wenn das Leben vergänglich ist, dann will ich das wahrnehmen, was es vor seinem Ende sein kann.

Vergänglich ist auch die Zeit, in der ich an diesem Buch schreibe. Es gäbe hunderte Beispiele aus meiner Vergangenheit, meiner Gegenwart, aus meinem Alltag, meinem Berufs- und Privatleben, die Ihnen möglicherweise noch detailreicher klar machen könnten, wie ein erwachsener Autist tickt oder ticken kann. Es mag viele autistische Kinder geben, die ähnliche Eigenarten und Probleme haben. Wir sind alle auf unsere jeweilige Weise eigenartig, ohne seltsam zu sein. Das Leben selbst ist manchmal viel seltsamer.
Ich hoffe, meine Ausführungen, Eindrücke und Alltags-

beispiele helfen Ihnen in irgendeiner Weise weiter, ob mit den Autisten in Ihrem Umfeld oder aber mit Ihrem eigenen Autismus, falls dies der Fall sein sollte.

Ich wünsche Ihnen in jedem Fall ein gutes Leben.
Als Angehörige/r, als Betroffene/r, als Interessierte/r, als Autist/in, als Neurotypische/r, als Frau, als Mann, aber vor allem als Mensch.

Immer dran denken:

Perspektive wechseln kann helfen

Links und Buchtipps zum Thema

Die nachfolgend genannten Internetlinks und Bücher geben nicht zwangsweise die exakte Meinung und/oder Sichtweise des Autors wieder, sondern sollen dem geneigten Leser bei der weiteren Selbstaufklärung helfen. Es handelt sich aber um Links und Bücher, die zumindest in Teilen dem entsprechen, was der Autor im vorliegenden Buch über Autismus geschrieben hat.

https://www.autismus.de/was-ist-autismus.html

https://www.autismus-verstehen.de/

https://auticon.de/autismus/

https://autismus-kultur.de/

Klaus Kokemoor:

Autismus neu verstehen

ISBN 9783903072350

Bo Hejlskov Elvén:

Herausforderndes Verhalten vermeiden

ISBN 9783871592379

Ludger Tebartz van Elst:

Das Asperger-Syndrom im Erwachsenenalter

ISBN 9783954662203

Annelies Spek:

Achtsamkeit für Menschen mit Autismus

ISBN 9783456850917

Denise Linke:

Nicht normal, aber das richtig gut

ISBN 9783492314282

Melanie Eberhardt:

Autismus und Sprache

ISBN 9783828834705

Kai Vogeley:

Anders sein

ISBN 9783621283069

ISBN 978-3-7502-4958-5

9 783750 249585 00001

www.epubli.de

Printed in Poland
by Amazon Fulfillment
Poland Sp. z o.o., Wrocław

43161965R00129